Henri Borlant est né à Paris le 5 juin 1927 dans une famille juive d'origine russe non pratiquante. A la veille de la déclaration de guerre, la famille est contrainte de quitter Paris pour le Maine-et-Loire. Arrêté le 15 juillet 1942 à l'âge de 15 ans il sera déporté cinq jours plus tard avec son père, sa sœur Denise et son frère Bernard. Il survivra vingt-huit mois à Auschwitz Birkenau puis cinq mois dans d'autres camps. Il s'évade du camp d'Ohrdruf à la veille de l'arrivée des Américains. De retour en France, Henri retrouve sa mère qui a été sauvée avec ses cinq plus jeunes enfants. Il deviendra médecin; il a quatre filles et sept petits-enfants. Depuis 1992 il témoigne de ce qu'il a vécu, lui le seul survivant de tous les membres de sa famille déportés. Il est administrateur de la Fondation pour la Mémoire de la Déportation. Il est actif au sein du Mémorial de la Shoah, de la Fondation de la Mémoire pour la Shoah et de Témoignage pour Mémoire.

Henri Borlant

« MERCI D'AVOIR SURVÉCU »

RÉCIT

Éditions du Seuil

TEXTE INTÉGRAL

ISBN 978-2-7578-2794-9
(ISBN 978-2-02-104471-3, 1re publication)

© Éditions du Seuil, 2011

À Aron, mon père
À ma sœur Denise et mon frère Bernard
À mes grands-parents Sarah et Hersch Beznos
À ma tante Fanny Beznos
assassinés à Auschwitz

Pour ma mère et toute ma famille,
mes frères et sœurs et leurs enfants et petits-enfants.

Pour mes filles Christiane, Danièle,
Catherine et Valentine.

Pour mes petits-enfants,
Émile, Arthur, Herrade, Attale, Victor, Gabriel et Margot.

L'immigration

« *Les émeutes antijuives de Kichinev, Bessarabie, sont pires que ce que le censeur autorisera de publier. Il y a un plan bien préparé pour le massacre général des Juifs le jour suivant la pâque russe. La foule était conduite par des prêtres, et le cri général "Tuons les Juifs" s'élevait dans toute la ville. Les Juifs furent pris totalement par surprise et furent massacrés comme des moutons... La police locale ne fit aucune tentative pour arrêter le règne de la terreur... Ceux qui purent échapper au massacre se sont sauvés. Il est impossible de préciser les quantités de biens détruits en quelques heures. Les cris pitoyables des victimes remplissaient l'air. Un Juif fut traîné hors d'un tramway et battu jusqu'au moment où la foule l'a tenu pour mort. L'air était plein de plumes et de literies déchirées. Chaque foyer juif était saccagé et les infortunés juifs essayaient dans la terreur de se cacher dans les caves et sous les toits. La foule entra dans la synagogue,*

saccagea les rouleaux de la Loi… Le mardi, le troisième
jour de l'agitation, quand on sut que les troupes avaient
reçu ordre de tirer, les émeutiers se retirèrent… la ville est
maintenant pratiquement vidée de ses Juifs[1]. »

Le pogrom de Kichinev, baptisé pogrom de la semaine sainte, fit cinquante morts et six cents blessés. Le massacre de Kichinev ouvrit la période des grands pogroms. Konstantine Pobedonostsev, précepteur, conseiller d'Alexandre III et procureur du saint-synode, théoricien de l'antisémitisme d'État, condensait dans une arithmétique génocidaire le but à atteindre : un tiers des Juifs se convertirait, un tiers partirait, un tiers périrait[2].

Comment ne pas voir, avant même que je naisse, dans cet événement relaté par le *New York Times* en 1903, le signe de la persécution qui marquera la destinée de nos familles d'immigrés russes. Mes grands-parents, Sarah Grenitz et Hersch Beznos, ont décidé de fuir l'Empire tsariste avec leurs trois filles : l'aînée, Rachel, née en 1900, Fanny, née en 1907, et Pauline, la cadette, née en 1909. Ces Juifs qui venaient d'Europe de l'Est, et

1. Article du *New York Times* relatant le pogrom de Kichinev de 1903.
2. Régis Ladous, *De l'État russe à l'État soviétique, 1825-1904*, SEDES, 1990, p. 148.

en particulier de Russie, ne pouvaient pas bénéficier des mêmes droits que les citoyens des pays dans lesquels ils vivaient. Ils étaient souvent persécutés. La famille de ma mère venait de Kichinev et mon père venait d'Odessa, deux villes connues pour leurs pogroms. On peut imaginer sans difficulté qu'en plus des raisons économiques et sociales, l'insécurité et les mauvais traitements les ont poussés à quitter la Russie. Des gens étaient battus, des femmes violées, il y avait des pillages et des morts. Les pogroms, c'était cela.

Mes grands-parents ont été assassinés à Auschwitz. Je n'aurais rien su de leur vie en Russie et de leurs débuts en France si ma tante Fanny, militante communiste, ne s'était liée de grande amitié avec Madeleine Thonnart-Jacquemotte[1] qui recueillit le récit de sa vie. Un récit

1. « *Madeleine Thonnart est née le 30 juin 1907 à Liège, dans une famille bourgeoise et protestante. Après des études de philosophie, elle enseigne au lycée d'Ixelles dès 1929. Militante, elle adhère à la Ligue internationale pour la paix et la liberté, puis à la Ligue des femmes contre la guerre. Elle y rencontre Fajga Beznos, sa future belle-sœur, tante d'Henri Borlant. En 1933, Madeleine épouse Adrien Jacquemotte, le neveu du député Joseph Jacquemotte, fondateur du Parti communiste belge. Elle fait partie du Comité de vigilance des intellectuels antifascistes. En 1936, elle entre en clandestinité au PCB et effectue, en 1938, un voyage en URSS. En 1940, dès l'entrée en guerre elle devient responsable des enseignants communistes bruxellois, elle entre en clandestinité en 1942. Arrêtée le 19 juillet 1943, elle est incarcérée à Saint-Gilles, puis détenue au camp de Vught. En septembre 1944,*

Sarah Grenitz et Hersch Beznos.

un peu flou, que personne n'a jamais vérifié, mais qui fait désormais partie de la légende familiale.

Ma grand-mère, Sarah Grenitz, est née le 4 janvier 1879 à Rachkow, faubourg de Kichinev en Bessarabie russe. Je regarde la photo de mes grands-parents, prise probablement peu de temps après leur arrivée en France : Sarah est une belle jeune femme aux yeux clairs, au port de tête altier. Le regard, paisible mais déterminé, fixe l'objectif du photographe comme empreint de solennité. Se faire photographier était alors un acte rare. Les photos étaient souvent destinées à ceux que l'on avait laissés au pays natal. L'homme que Sarah a épousé, qui se tient fièrement debout à ses côtés, portant barbe et cravate, une main protectrice posée sur le dossier du fauteuil dans lequel elle est assise, porte un drôle de nom : Hersch Beznos, « Hersch sans nez ». Ce nom sonne presque comme une provocation aux oreilles de tous les antisémites qui caricaturent les Juifs avec un gros nez. Mon grand-père est né à Porokw, en Bessarabie, le 16 juillet 1875.

Sarah est issue d'une modeste famille juive de la campagne russe. Or, chose difficilement pensable pour son

Madeleine Jacquemotte est déportée à Ravensbrück. Elle sera libérée en avril 1945. Depuis 1982, le lycée dans lequel elle enseigna porte son nom », Éliane Gubin, Catherine Jacques, Valérie Piette et Jean Puissant (dir.), Dictionnaire des femmes belges, XIXᵉ et XXᵉ siècles, éd. Racines, 2006.

époque et son milieu, elle a suivi des études pour devenir institutrice, ce qu'elle doit à sa propre mère qui portait le même prénom hébraïque : Sarah. Cette dernière faisait office de sage-femme. Il ne faut pas imaginer un quelconque diplôme. Elle était de ces femmes à la compétence reconnue, que l'on faisait venir dans les maisons juives environnantes lors des accouchements. Un jour, racontait-on dans ma famille, elle fut appelée au chevet d'une femme de l'aristocratie. L'accouchement s'avérait difficile. Le premier réflexe de Sarah fut de refuser. Elle craignait sanctions et représailles car la loi russe interdisait aux Juifs d'exercer toute activité en dehors de leur propre communauté. Elle se laissa pourtant convaincre et aida la maman à accoucher. Reconnaissante, cette aristocrate russe donna à mon arrière-grand-mère les moyens de financer les études de sa propre fille. Ma grand-mère exerça-t-elle le métier d'institutrice ? Nous l'ignorons, mais nous savons qu'elle occupa, dans son village, la charge d'écrivain public. Quant au père de Sarah, mon arrière-grand-père, Madeleine Thonnart-Jacquemotte écrit seulement qu'il était un homme cultivé. Nous ne savons pas de quelle culture il est ici question.

Mes grands-parents décident de quitter la Russie en 1912 – avant le déclenchement de la Première Guerre mondiale, donc. L'émigration apparaissait à bien des Juifs comme la seule issue tant il était devenu compliqué de vivre dans un pays où les persécutions et les difficultés économiques étaient le lot de la plupart des Juifs.

Certains Beznos, j'ignore lesquels, s'étaient déjà installés aux États-Unis. Mes grands-parents décident de les rejoindre : un emploi les y attend. Ces années-là, les États-Unis sont la vraie terre promise où coulent le lait et le miel. Ils ont tous les papiers et visas nécessaires. La France n'est qu'une étape. Les Beznos se rendent au Havre, sans doute pour embarquer sur un navire anglais à destination des États-Unis. Mais le contrôle sanitaire obligatoire aurait révélé chez Pauline une infection aux yeux. L'autorisation d'embarquer leur est refusée. Ils ne pourront partir qu'une fois Pauline guérie. Les Beznos doivent, le temps des examens, demeurer en France. La déclaration de guerre en août 1914 contraint mes grands-parents et leurs trois enfants à rester en France. À la fin de l'année 1914 naît Blanche, la quatrième fille des Beznos, que l'on appelle Blanchette, avec cette habitude venue peut-être du yiddish de créer des diminutifs en allongeant les noms. La famille renonce alors au « rêve américain » et s'installe définitivement à Paris. Ironie du sort, après de nombreux examens ophtalmologiques, le diagnostic tombe : Pauline n'a rien aux yeux !

En cette période de guerre, installée dans un pays

dont elle ne sait pratiquement rien et ne connaît pas la langue, la famille s'agrandit, accueillant une grand-mère originaire de Bessarabie, âgée de quatre-vingt-dix ans. Comment cette très vieille dame est-elle parvenue jusqu'à Paris ? Je l'ignore. Mes grands-parents, devenus brocanteurs au marché Biron à Saint-Ouen, trouvent un petit appartement au 13, rue Jacques-Kablé, dans le 18e arrondissement, quartier populaire de la Chapelle. Les trois sœurs, Fanny, Pauline, Blanchette – ma mère Rachel, l'aînée, est mariée depuis 1916 –, partagent leur chambre avec la grand-mère et une cousine : un grand lit pour elles, un petit lit pour chacune des deux autres.

Mes tantes étaient très différentes les unes des autres. Fanny, la seconde après ma mère, était pleine de raison. Pauline était plus turbulente. Toutes deux fréquentent l'école primaire, apprennent à parler et lire le français. Hersch, lui, a conservé la culture de sa terre d'origine. Il n'était pas rare, raconte Blanche, « d'entendre la voix de papa qui s'élevait et modulait des airs hébraïques. Sa voix alors nous emportait hors de la pièce ».

L'école de la République a été pour mes tantes le vecteur de l'intégration. Fanny et Pauline ont obtenu leur certificat d'études. Elles n'ont pu aller plus loin, la situation matérielle de la famille les ayant obligées à travailler. À quatorze ans, Fanny (Fajga, « oiseau » en Yiddish), très habile au clavier, devient dactylo. Passionnée de littérature, elle lit Baudelaire, Zola, Rimbaud et fréquente les surréalistes Aragon et André Breton. J'aime qu'André Breton ait écrit sur ma tante, et je relis souvent ces lignes :

> « *Tout récemment encore, comme un dimanche, avec un ami, je m'étais rendu au "marché aux puces" de Saint-Ouen… notre attention s'est portée simultanément sur un exemplaire très frais des œuvres complètes de Rimbaud, perdu dans un très mince étalage de chiffons, de photographies jaunies du siècle dernier, des livres sans valeur et de cuillers en fer. Bien m'en prend de le feuilleter, le temps d'y découvrir deux feuillets intercalés : l'un copie à la machine d'un poème de forme libre, l'autre notation au crayon de réflexions sur Nietzsche. Mais celle qui veille assez distraitement tout près ne me laisse pas le temps d'en apprendre davantage. L'ouvrage n'est pas à vendre, les documents qu'il abrite lui appartiennent. C'est encore une jeune fille, très rieuse. Elle continue à parler avec beaucoup d'animation à quelqu'un qui paraît être un ouvrier qu'elle connaît, et qui l'écoute, semble-t-il, avec ravissement. À notre tour, nous engageons la conversation avec elle. Très cultivée, elle ne fait aucune difficulté à nous entretenir de ses goûts littéraires qui la portent vers Shelley, Nietzsche et Rimbaud. Spontanément, elle nous parle des surréalistes, et du Paysan*

de Paris de Louis Aragon qu'elle n'a pu lire jusqu'au bout,
les variations sur le mot Pessimisme l'ayant arrêtée. Dans
tous ses propos passe une grande foi révolutionnaire. Très
volontiers, elle me confie le poème d'elle que j'avais entrevu
et y joint quelques autres de non moindre intérêt. Elle s'ap-
pelle Fanny Beznos[1]. »

Ma tante, Fanny Beznos, dont le français n'était pas
la langue maternelle, a publié deux de ses poèmes dans
le bulletin *La Révolution surréaliste* d'octobre 1927. Ils
figurent aux côtés de textes de Paul Eluard, Raymond
Queneau, Jacques Baron, Pierre Unik. C'est une fierté pour
toute ma famille[2]. Les surréalistes furent pour un temps

---

1. André Breton, *Nadja*, Gallimard, Folio, 2008, p. 64 [© Éditions Gallimard, 2008].
2. Nous respectons la disposition de la publication :
   « Je vais, le vent me poussant,
   Où?… je ne sais
   Je ris, je pleure, et méditant, Pourquoi ? Je ne sais !
   Quel est le meilleur mode de gouvernement,
   dit ARISTOTE. Homme, c'est celui qui
   Permet tout aux citoyens vertueux et qui
   Possèdent des artisans esclaves doublement.
   Qui sont les citoyens vertueux ? Tout d'abord
   Les propriétaires aisés, les soldats forts.
   Quant aux esclaves leur meilleure récompense
   C'est de toujours leur représenter l'affranchissement
   (entendez quand ils ne seront plus bons au travail,)
   (vil et mercenaire, et qui ne mène pas à la vertu !)
   Voilà, admirez le digne philosophe… Et

en phase avec le Parti communiste naissant. Certains, comme Breton, s'en séparèrent. D'autres, comme Aragon, lui restèrent fidèles. Fanny s'engagea aux Jeunesses communistes. Elle milita parmi les immigrants arrivant des territoires de l'ancien empire tsariste, cédé par le pouvoir bolchevique après la révolution d'Octobre et devenus polonais, roumains et bessarabiens. Dans la famille, on

---

La femme? Tu
Veux rire interrupteur! La femme mais
Au bercail
Toujours occupée, pas esclave tout à
Fait, mais...
La femme. La moitié d'un être libre?
Mauvais!
ARISTOTE n'a donc jamais approché
Les prolétaires
Les HOMMES DU TRAVAIL qui seul
Conduit à la vertu
Ces êtres simples qu'il serait doux D'affranchir
Du joug de ces PROLÉTAIRES vils
Et mercenaires
De l'ARGENT! Ces CITOYENS forts
De leurs BUTS
ASSASSINS, qu'ils soient démocrates
Ou démagogues,
ARISTOTE, ils se servent de toi pour
Faire gémir
DES MILLIERS d'êtres LIBRES! Ah!
Misère, debout!
Défendez-vous! Unissez-vous! Ces dogues
Du bonheur immérité, nous les affranchirons.
Nous, les PROLÉTAIRES, RÉVOLUTION! RÉVOLUTION!

soutient son engagement. Blanchette a raconté comment la famille s'organisait pour aider ces compatriotes « *complètement désorientés, sans rien. Automatiquement Fanny les amenait chez nous ; la chaleur familiale leur permettait de se détendre et de s'apaiser mais nous n'avions pas de place pour les héberger. Deux maisons plus loin se trouvait un hôtel de passe dont nous étions clients pour acheter des siphons d'eau de Seltz et pour le téléphone. Maman a réussi cet exploit de louer deux chambres afin d'y loger nos hôtes en toute tranquillité, le temps de s'organiser [...]. Un jour maman, allant téléphoner [à l'hôtel de passe], voit une de ces dames assise en train de pleurer. Maman lui demande si elle est malade. Celle-ci lui raconte que sa petite fille est chez une nourrice depuis sa naissance, laquelle est très malade et ne peut la garder. Il faut du temps pour aller chercher ailleurs. Maman, sans même en parler à papa, lui propose de prendre la fillette chez nous le temps de trouver quelqu'un. Je ne sais plus combien de temps elle est restée, mais suffisamment pour faire presque partie de la famille* ».

C'était un temps qui précédait ma naissance. J'aime imaginer cette famille où un homme vit dans un monde de femmes, où l'on est pauvre mais solidaire. Où la politique et la culture passionnent.

Un an avant ma naissance, Fanny, qui a alors dix-huit ans, participe à une manifestation organisée par le Parti communiste réclamant l'égalité politique pour les femmes. Alors que les femmes ne peuvent encore être ni électrices, ni éligibles (elles ne le seront qu'à la Libération), il est décidé d'en présenter sur les listes de candidats aux élections municipales et de réclamer publiquement pour elles le droit de vote. Je ne sais pas si, lors de cette manifestation, il y eut des heurts avec la police, mais toujours est-il que Fanny se retrouva au poste. On raconte qu'un fonctionnaire de police eut un comportement déplacé et que Fanny le gifla. Fanny est mineure (la majorité est alors à vingt et un ans). Hersch est convoqué et soutient sa fille. La sanction tombe : Fanny est expulsée. Elle est déposée à la frontière belge, avec pour tout viatique l'adresse du Parti communiste belge. Pendant quatre années, elle vit en Belgique comme d'autres apatrides, clandestins, sans-papiers et militants, soutenue par la solidarité des «camarades» jusqu'au moment où, contrôlée à nouveau, elle est expulsée par la police belge vers le Grand-Duché de Luxembourg. Elle retourne clandestinement à Bruxelles, se réfugie chez Charles Jacquemotte, un des fondateurs du Parti communiste belge, et son épouse Emma. Une solution est trouvée : un mariage blanc avec Fernand (le fils de Charles et d'Emma Jacquemotte), mais cela n'est pas facile à réaliser sans documents d'identité. Les épousailles sont quelque peu rocambolesques. Fernand se fait domicilier dans une petite ville du nord de la France dont le maire est communiste et Fanny entre par le chemin des contrebandiers dans un pays où elle est interdite de séjour. Le mariage est célébré le 20 décembre 1929. Nous savons que ce mariage blanc deviendra bientôt un mariage d'amour. Fanny participe à l'organisation de l'aide antifascistes allemands chassés de leur pays par la répression nazie, elle contribue à l'union des socialistes et des communistes dans le combat contre Hitler et pour la défense de la République espagnole. Elle devient la secrétaire du sénateur socialiste Henri Rolin lorsque celui-ci fond le Comité d'Aide à l'Espagne républicaine. Avec d'autres femmes communistes, elle est une cheville ouvrière précieuse de la section bruxelloise du Comité dirigé par Louise Brunfaut, militante socialiste. Fanny sera déportée pour fait de résistance à Ravensbrück puis assassinée à Auschwitz, son mari Fernand Jacquemotte sera déporté au camps de Neuengamme en Allemagne puis transféré au camp de Mauthausen en Autriche.

Ce n'est que ces dernières années que j'ai appris, grâce au travail effectué par la mission Mattéoli chargée d'étudier la spoliation des Juifs de France, ce qui était advenu de mes grands-parents avant leur arrestation. Le stand qu'ils tenaient aux puces, leur seule source de revenu, avait été «aryanisé». Le 11 février 1943, Sarah, soixante-quatre ans, et Hersch, soixante-sept ans, sont arrêtés, incarcérés à Drancy puis déportés le 2 mars 1943 à Auschwitz par le convoi n° 49. De ce convoi, emportant vers la mort mille personnes, il ne restait en 1945 que soixante et un survivants : cinquante-neuf hommes et deux femmes. J'avais été déporté neuf mois auparavant et je peux dire d'expérience que compte tenu de leur âge, Sarah et Hersch firent partie des huit cent quatre-vingt-une personnes gazées dès leur arrivée.

Leur histoire est racontée dans le pavillon français d'Auschwitz, inauguré par Jacques Chirac le 27 janvier 2005. Le président de la République avait souhaité la rénovation du pavillon n° 20, consacré aux déportés français. C'est la DMPA qui, au ministère de la Défense, fut chargée de cette mission, sous la direction de Mme Paule René-Bazin. Dans un premier temps, on m'a sollicité pour y représenter la déportation des adolescents, puis le choix définitif s'est fixé sur Charlotte Delbo, la patriote résistante, Pierre Masse, illustre famille israélite française depuis des siècles, Georgy Halpern, un enfant d'Izieu, Jean Lemberger, militant juif communiste résistant, issu de l'immigration et ma grand-mère Sarah Beznos, déportée juive,

Aron, mon père.

parce que juive. Y fut ajoutée la diffusion ininterrompue des quatorze récits d'Auschwitz. Le président Chirac, en compagnie de Simone Veil, fut accueilli par Annette Wieviorka qui avait participé du début jusqu'à la fin avec intelligence et compétence au projet du nouveau musée. À cette occasion, il évoqua dans son discours le sort de ma famille: «*Sarah et Hersch Beznos, avec leurs enfants et leurs petits-enfants: une famille décimée, parmi tant et tant d'autres. Ils font partie du convoi n° 49 du 2 mars 1943 où se trouvent plusieurs vieillards de plus de quatre-vingt-dix ans… Leur destin, pour le seul fait d'être juifs, c'est l'extermination, la Shoah, ce crime absolu contre l'humanité.*»

Rachel, ma mère – la fille aînée de Sarah et de Hersch – s'est mariée en 1916 à l'âge de seize ans. Elle a épousé Aron Borlant, Juif russe né le 1er avril 1888, originaire de Novee-Meyattchika, petite bourgade près d'Odessa, sur la mer Noire, qui fait aujourd'hui partie de l'Ukraine. Mon père avait l'habitude de dire qu'il venait d'Odessa. Il a déserté de l'armée du tsar alors qu'il effectuait son service militaire. Comme beaucoup de Juifs d'Europe centrale, son rêve était de venir en France. À l'époque, on disait qu'un pays dont la moitié de la population prenait la défense de Dreyfus, un obscur officier juif, ne pouvait être qu'un pays merveilleux où il fait bon vivre, un pays où un Juif pouvait devenir capitaine.

La durée du service militaire, extrêmement longue, ajoutée aux brimades et mauvais traitements que devaient subir les Juifs ont probablement motivé sa désertion. Comme mon père était tailleur de son métier, les officiers en profitaient pour se faire confectionner des vêtements sur mesure. Il allait régulièrement en ville pour se procurer les fournitures et a profité de cette liberté pour fuir.

Une fois en France, il a rencontré ma mère à Paris. Il était de douze ans son aîné. Tous deux parlaient le yiddish et le russe. Lorsque ma mère a épousé mon père, c'est vraiment, dans le récit qu'elle en faisait, la rencontre du prince charmant. Non seulement il est doux et gentil, mais il est beau et élégant. C'est le plus bel homme qu'elle ait jamais vu. Rachel est une jeune femme amoureuse, heureuse et fière d'être l'épouse de cet homme. Lorsqu'il l'emmène à la patinoire, elle le voit évoluer au milieu des autres, il glisse sur la glace avec grâce. Dès son apparition chez ses parents dans ce foyer de quatre filles, il est adopté sans réserve par ses trois jeunes sœurs. Mon père était sportif, il aimait les balades à vélo. J'ai le souvenir, lors de vacances au bord de la mer, de l'inquiétude de maman lorsque mon père nageait trop loin et qu'elle peinait à le suivre du regard.

De leur union naissent dix enfants. Léon en 1917, Denise en 1921, Bernard, quatre ans plus tard. La famille

Mes parents dans les années 1920.

s'agrandit de mon arrivée en 1927, de Roger né en 1929, suivi d'Odette en 1931, de Jeannette née en 1932 et décédée en 1935 d'une pneumonie, puis de France en 1934 et de Madeleine en 1936. Le 1er septembre 1939, ma mère accouche de Raymonde, la dernière, le lendemain de notre arrivée à Saint-Lambert-du-Lattay, destination qui nous fut affectée après que la municipalité du 13e arrondissement décida, pour des raisons de sécurité, d'évacuer les familles de milieux populaires vers la province.

Je suis né le 5 juin 1927 à Paris, à la maternité de l'hôpital de Lariboisière, dans le 10e arrondissement. Quand Léon, mon frère aîné, a appris que mes parents m'avaient prénommé Hirsch, il leur a fait remarquer que ce n'était pas un prénom français. À cette époque, il y avait un baron Hirsch très connu pour sa générosité à l'égard des œuvres de soutien à la communauté juive. Il est vraisemblable que mes parents ont cru qu'il s'agissait de la traduction française du prénom de mes deux grands-pères. Et c'est Léon, alors âgé de neuf ans et demi, qui décida que l'on m'appellerait Henri.

Mon père exerçait en France sa profession de tailleur. Au début il a été patron. Il avait créé un atelier à Montmartre, rue Berthe à gauche en haut des escaliers du Sacré-Cœur. « Jetez un coup d'œil » était l'enseigne de la boutique. Mon frère Léon y avait dessiné un œil. Nous habitions à ce moment-là rue des Trois-Frères. Les jours sans école, je rendais visite à mon père. L'activité de l'atelier avait permis à mes parents d'acheter, à crédit, une petite maison dans la commune de Villemomble, en Seine-Saint-Denis, et d'ainsi nous rapprocher des cousins de ma mère, les Lipschitz. La crise de 1929 met fin aux projets. L'absence de commandes et l'impossibilité de rembourser les traites contraignirent mes parents à vendre la maison et à fermer l'atelier quelques années plus tard. Mon père s'installa alors comme tailleur à domicile et devint plus précisément tailleur apiéceur. Dans les années 1930, mon père travaillait pour un magasin de confection situé près de la place Saint-Michel, rue Saint-André-des-Arts. Il assemblait à domicile les différentes pièces du vêtement fournies par le patron du magasin, ma mère faisant la navette entre notre domicile et la place Saint-Michel pour livrer le travail fini et chercher de nouvelles commandes.

On était une famille nombreuse. Enfant, je voyais ma mère passer sa vie au four et au moulin, être enceinte, allaiter, s'occuper des enfants, de la cuisine, aider son mari dans son travail. Elle faisait les finitions, les livraisons. Ce n'était pas une famille dans laquelle la maman prend un livre et raconte des histoires aux enfants pour qu'ils s'endorment. Il y avait toujours à faire et on comptait

sur les enfants pour aller faire les courses, les grands s'oc-
cupant des petits pour les devoirs et les leçons. Souvent,
le jeudi, comme nous n'avions pas classe, mon père nous
emmenait avec lui, nous les garçons, aux Halles, au centre
de Paris, le matin de bonne heure. Il achetait tout au
dernier moment, lorsque les commerçants soldent les
denrées périssables pour ne pas avoir à les rembarquer.
Nous revenions chargés de cageots remplis de fruits et
de légumes, parfois d'une grande pièce de viande, ou
de poisson en quantité. Pendant que mon père continuait à aller et venir, Roger ou moi, les petits, avions la
responsabilité de surveiller les provisions. Le retour à
la maison se faisait en taxi, tant il y avait à porter. Tout
cela était pour nous comme une fête, une chasse aux
trésors dont nous revenions heureux, les bras chargés,
attendus avec impatience par le reste de la famille.

Mes parents formaient un couple uni par l'amour,
mais aussi par l'exil. Dans mon souvenir, c'est ma
mère qui écrivait à ses beaux-parents, pour donner
des nouvelles sans doute, mais peut-être aussi pour
les inciter à les rejoindre. Mon père était conscient de
ce qu'il devait à sa terre d'accueil. L'engagement ulté-
rieur de Léon, l'aîné de la fratrie, dans la Résistance
montre l'attachement à un pays où nous étions nés et

qui était le nôtre. Ma famille était devenue une famille française.

Jusqu'à ma naissance, la famille a vécu dans le 18e arrondissement. Mais l'appartement devenu trop petit, nous avons eu la chance de nous voir accorder par la Ville de Paris un appartement dans le 13e, un quartier très populaire. En 1929, nous nous sommes installés dans une HBM (habitation bon marché), l'ancêtre de nos actuels HLM, au 159 rue du Château-des-Rentiers. C'était un trois pièces, cuisine, WC dont le seul point d'eau était l'évier de la cuisine. La cité était composée de plusieurs immeubles, comme une petite caserne, avec des cours et des escaliers de tous côtés. Ce n'était pas un quartier particulièrement juif. Les quelques familles juives étaient perdues dans la masse. Nous entretenions quelques relations avec ces familles. On se connaissait, on se reconnaissait, cela n'allait pas au-delà.

Dans notre escalier, on se faisait quelquefois accrocher, mais je ne croyais pas qu'il s'agissait d'antisémitisme. Je voyais cela plutôt comme de la xénophobie, parce que nos parents parlaient avec un accent. Mon père avait un accent russe; celui de ma mère était légèrement différent. Dans ce milieu populaire, nous nous sentions un peu à part. C'était un quartier prolétaire, certaines personnes buvaient, les disputes se passaient en public. Mon père

Moi, écolier.

avait interdit l'usage des gros mots, la langue du pays d'accueil devait être respectée. À l'école, nous étions comme tout le monde, nous mangions à la cantine. Je suis allé d'abord à l'école maternelle rue du Château-des-Rentiers, puis à l'école primaire de la rue Baudricourt.

Pour mes parents, les petits accrochages, les remarques désobligeantes, les castagnes de voisinage n'avaient aucune gravité. Comparé à ce qu'ils avaient vécu, vu, entendu en Russie, tout en France était beau. C'était un paradis, même si les fins de mois étaient difficiles. À partir du 20 du mois, nous achetions le pain à crédit, un peu comme tout le monde dans la cité. Le boulanger avait son calepin sur lequel il notait ce qu'on lui devait. Nous bénéficiions des services sociaux et une assistante sociale venait parfois à la maison. Les vêtements devenus trop petits pour les aînés étaient portés par les plus jeunes, mais nous étions toujours bien habillés. Autour de nous, les familles nombreuses de douze, treize enfants n'étaient pas exceptionnelles. C'était quand même le bonheur, il y avait des copains dans chaque escalier.

Mon père voulait que nous soyons français. Il avait institué des règles. À la maison, on ne parlait que le français, même quand mes grands-parents venaient nous rendre visite. Mais lorsque nos parents ne voulaient pas être compris par nous, ils parlaient russe entre eux. Ma mère était restée plus proche du judaïsme que mon père, probablement du fait de ses parents. Mon grand-père maternel était un homme pieux, il portait la barbe, il mangeait kasher. La visite aux grands-parents pour la fête de la pâque juive était toujours un événement. Ma mère nous mettait nos habits du dimanche, elle nous faisait beaux. Nous, nous nous y rendions en taxi, ce qui était très inhabituel. Cette célébration de la fête de Pâques, ses rituels, ses prières, ses mets traditionnels étaient pour nous l'occasion de comprendre d'où nous venions, quelles étaient nos racines. Ceux dont nous étions issus avaient une culture, une langue, une religion, un mode de vie et des traditions qui remontaient à la nuit des temps. Nous allions vers une autre vie, mais c'est de là que nous venions.

Pourtant, chez nous, même si nous n'étions pas pratiquants, si nous ne mangions pas kascher, les garçons étaient circoncis et faisaient leur bar-mitsva[1]. Nous partions en colonies de vacances, probablement avec la fondation Rothschild. Nous n'allions pas bien loin, à une vingtaine de kilomètres de Paris, Saint-Ouen-l'Aumône ou Louveciennes, mais nous étions au grand air. Il y avait des terrains de sport. Le jeudi après-midi,

---

1. Cérémonie d'initiation religieuse qui marque l'entrée de l'adolescent de treize ans dans la communauté des adultes. Éli Barnavi et Denis Charbit, *Histoire universelle des Juifs*, Hachette Littérature, 2002, p. 299.

jour de congé scolaire, c'était patronage. J'y allais avec mes frères. Les enfants étaient pris en charge, cela rassurait les parents. Ces rendez-vous du jeudi après-midi nous mettaient en contact avec la culture juive et un rabbin nous apprenait les prières, nous parlait de la Bible.

Mon père se tenait au courant de la politique sans appartenir à aucune organisation, association, ou cercle juif. On se savait juif, issu d'immigrés, mais le sentiment qui prédominait était celui d'être français. Mes parents étaient heureux d'être français. Ils se félicitaient d'être venus en France. Les malheureux étaient ceux qui étaient restés au pays. Mon père n'a jamais revu sa famille en dehors d'Alexandre, un de ses frères qui l'a rejoint. La France, pour mon père, c'était suffisamment fort et positif pour qu'il incite son frère à s'y installer. Mon oncle Alexandre s'établira dans une petite ville des Vosges où il épousera une fille du pays.

Il m'est arrivé que l'on me demande si Borlant était mon vrai nom ou s'il avait été francisé. En fait, lorsque mon père est arrivé en France, ses papiers étant écrits en cyrillique, et comme il ne parlait pas encore notre langue, on lui a fait répéter son nom pour le transcrire en français. Le fonctionnaire a écrit «BORLANT». Quelques années plus tard, mon oncle Alexandre s'est vu gratifier du nom de «Bourland» dans une situation identique.

La famille d'Aron, restée en Russie.

En 1927, ce bonheur d'être en France s'est transformé en fierté d'être français. Le décret I8285X26 de naturalisation de la famille de mes parents que j'ai retrouvé date du 11 mai 1927, pratiquement un mois jour pour jour avant ma naissance. Je suis né français de parents français, je le dis, moi aussi, avec fierté. Mes parents ont d'ailleurs prénommé une de mes jeunes sœurs, France.

En août 1939, la menace de guerre se précise. La peur des bombardements et les difficultés à venir incite les autorités parisiennes à évacuer certains quartiers. La destination du 13e arrondissement fut le Maine-et-Loire. Ma mère était enceinte, elle était à terme. Nous sommes partis dans la précipitation à la fin du mois d'août. Ce n'était pas encore la guerre, mais les rumeurs ne laissaient pas d'espoir. Je me suis retrouvé dans un train. Je me souviens que sur le quai voisin, il y avait des enfants, des groupes scolaires, et j'ai reconnu des camarades de classe, des copains qui habitaient le même immeuble que nous.

Ma mère n'avait pas pris de goûter pour les enfants, alors qu'elle était très soucieuse de cela. Nous avions peu de bagages. Nous étions avec Denise, âgée de dix-huit ans, devenue par les circonstances l'aînée, ainsi que Roger, Odette, France et Madeleine, trois ans, la plus jeune. J'avais douze ans. Mon père et mon frère Bernard étaient restés à Paris pour continuer à travailler et nous envoyer de quoi vivre. Ma mère avait confié mon frère, le plus turbulent de la fratrie, à papa. Elle avait du mal à venir à bout de Bernard. Quant à mon frère aîné, Léon, il avait été appelé pour le service militaire en 1937 et n'a pas été démobilisé en 1939. Il était donc soldat.

La Croix-Rouge nous a réceptionnés à Angers. Nous avons passé la nuit dans une famille d'accueil. Je me souviens d'une dame d'un certain âge, une dame issue du milieu bourgeois.

Bien des recherches ont été menées depuis vingt ans sur le Maine-et-Loire dans la Seconde Guerre mondiale. Je sais aujourd'hui que ce 30 août 1939, deux mille six cents personnes, des petits Parisiens, arrivent à la gare d'Angers-Saint-Laud, et qu'il fallut trouver d'urgence dans la ville ou dans les communes environnantes des structures susceptibles d'accueillir ces réfugiés[1].

---

1. La plupart des réfugiés arrivant à Angers en ce mois de septembre 1939 sont originaires des 13e et 15e arrondissements de Paris. Angers doit aussi accueillir le transfert de milliers de fonctionnaires parisiens. Ainsi l'Anjou abrite-t-il la Cour des comptes et le ministère des Finances qui s'installent à Saumur. Dans la précipitation, il faut faire face à l'urgence. Des milliers de petits Parisiens sont logés dans les châteaux de la région : Cimbré à Tiercé, La Haye à Avrillé, ou encore la Douve au Bourg-d'Iré. Le 11 septembre 1939, le *Petit Courrier* invite des Angevins à se délester de leurs vêtements et objets inutiles afin de les donner aux nouveaux arrivants. Le préfet rappelle que les réfugiés *doivent être reçus avec tous les égards qui leur sont dus*. Un centre pour familles difficiles ouvre ses portes rue Saumuroise. Raymond Marchand, *Le Temps des*

Moi, en haut à gauche, participant aux vendanges
à Saint-Lambert-du-Lattay.

Nous sommes nombreux et il est difficile de nous loger tous ensemble. On propose à ma mère de répartir les enfants dans différents lieux. Elle refuse avec entêtement : il est hors de question pour elle de se séparer de ses enfants. Finalement, on nous a envoyés à Saint-Lambert-du-Lattay dans les coteaux du Layon. Le nom évoque un vin dont j'ai gardé de bons souvenirs. J'ai d'ailleurs participé à plusieurs reprises aux vendanges, comme en témoigne la photo ci-dessus.

---

restrictions. La Vie des Angevins sous l'Occupation, Cheminements, 2000, p. 17-19.

Avec la mobilisation de l'armée française qui a suivi l'entrée de troupes allemandes en Pologne, puis la déclaration de guerre le 3 septembre 1939, Saint-Lambert-du-Lattay est devenu pour nous comme un nouveau pays d'accueil. À la veille de la guerre, c'était une bourgade rurale de mille deux cent vingt-deux habitants. J'ai aimé y vivre et j'y retourne toujours avec plaisir. Nous étions les premiers réfugiés parisiens. Dans l'urgence, on nous a trouvé une maison abandonnée dans laquelle il n'y avait rien. La nuit même de notre arrivée, ma mère a accouché de Raymonde, la plus jeune de mes sœurs. En y réfléchissant, je me dis aujourd'hui que la pression a dû être grande pour que ma mère accepte de quitter précipitamment Paris alors que l'accouchement était imminent. Mais nous pensions y revenir très vite. Sur place, les gens se sont montrés très hospitaliers. Aussitôt nous avons vu défiler à la maison des personnes qui nous apportaient, l'un une casserole, l'autre une poêle, des tomates… Bref, on nous dépannait dans l'urgence. C'était beaucoup de générosité, sans doute aussi un peu de curiosité. Par la suite, la mairie nous a trouvé un appartement. Des notables nous ont pris en charge. C'étaient des bourgeois très catholiques.

Nous, les Parisiens, avons découvert la vie à la campagne.

Roger, en haut sur la charrette, portant un pull foncé,
avec des camarades à Saint-Lambert-du-Lattay.
Il s'agit de la famille Saudrau. Michel, en tête du groupe,
mon camarade de classe, deviendra l'évêque du Havre.

Nous nous y sommes bien adaptés. Deux jardins nous furent attribués dont un près de la mairie. Dans l'autre, nous élevions des lapins. C'était une vie nouvelle, très dépaysante. La pêche, les baignades dans les rivières voisines, tout cela était formidablement excitant. Nous avions un chez-nous, nous avions des amis. Nous étions bien vus, toujours polis, bien élevés, bons élèves. Nous nous baladions à bicyclette et les voitures étaient peu nombreuses, ce qui tranquillisait ma mère. Et puis, à la campagne, nous ne connaissions pas de problèmes de ravitaillement. En juin 1940, au moment de la débâcle, mon père et Bernard nous ont rejoints. Ils sont arrivés à vélo. On attendait la fin de la guerre. Mon père a trouvé du travail pour un tailleur de la région. Comme à Paris, il travaillait à domicile. Nous allions à bicyclette livrer les vêtements qu'il avait confectionnés. Nous vivions chichement, comme d'autres familles du village, mais nous avions le sentiment de vivre bien. On adorait vivre à la campagne ; mon père aussi. Nous menions une vie heureuse.

Je n'ai souvenir d'aucune difficulté particulière. Il n'y avait pas de méfiance, pas d'*a priori* ; la première curiosité passée, nous sommes devenus des villageois comme les autres. À la rentrée des classes d'octobre 1939, les enfants ont été scolarisés à l'école catholique. Il existait une école publique, mais elle était peu fréquentée. C'était un prêtre en soutane qui faisait la classe. J'ai passé mon certificat d'études, puis l'année suivante mon certificat d'études libres supérieur. J'avais de bonnes notes, j'étais un élève studieux.

Mon maître était toujours soucieux de notre réussite, il nous accompagnait quand nous passions nos examens au chef-lieu du canton. À cette époque, l'Anjou était une terre d'activistes catholiques. On nous apprenait

Photo de classe de l'année 1941, Saint-Lambert-du-Lattay.
Je suis le septième, sur le rang du haut, à partir de la gauche.
Juste en dessous, Roger, mon frère, le troisième.

que le peuple juif était déicide, responsable de la mort
du Christ. Pour eux, le Juif c'était le diable. Le prêtre
qui nous faisait la classe et nous enseignait la religion
demanda à mes parents l'autorisation de nous baptiser.
Ma mère était réticente, mais mon père a su la raisonner
et lui faire admettre que, compte tenu des circonstances,
il était plus sage d'accepter. Il disait : «Quand la guerre
sera terminée, tout sera oublié, cela n'a pas d'importance.

En ce moment, il faut faire avec… Pourquoi compliquer les choses ? » Nous fûmes donc baptisés en 1941 et, par la suite, je fis ma première communion et ma confirmation. Je suis devenu croyant et pratiquant. Je ne mettais pas en doute l'instruction qui m'était donnée. Mon maître, qui était aussi le directeur de l'école, m'a fait découvrir le catholicisme. Cela m'a beaucoup impressionné. J'ai cru très fort et avec beaucoup de ferveur. J'allais à l'office sans y être obligé. Je faisais du zèle, je n'y allais pas seulement le dimanche. J'ai même décidé de devenir prêtre. Pour mon admission au séminaire, il a fallu obtenir de Paris un extrait de naissance. Quand nous l'avons reçu, nous avons constaté que la mention « JUIF » y figurait. J'ai dû alors renoncer à mon projet. Puis, comme c'était souvent le cas dans les familles modestes, j'ai quitté l'école après mon certificat d'études et suis entré en apprentissage dans le garage de Saint-Lambert-du-Lattay. J'avais quatorze ans. La foi, je la garderai jusqu'à mes dix-huit ans. Elle m'accompagnera dans ma déportation et mon retour en France.

Souvent, je cherche à me souvenir de ce que je savais alors. J'ignorais qu'il y avait des Juifs arrêtés[1], internés

1. Le 14 mai sont effectuées, à Paris, des rafles au cours desquelles sont arrêtés 3 700 hommes juifs. Le mois de mai 1941 voit également l'ouverture des camps de Beaune-la-Rolande et de Pithiviers. Août 1941,

dans des camps. Mon père en savait peut-être d'avantage. J'ai su beaucoup plus tard qu'il était allé nous déclarer comme Juifs à la préfecture quand la loi l'a ordonné[1]. Peut-être a-t-il pensé que le baptême nous protégerait.

Mes frères, mes sœurs et moi-même avons vécu sans connaissance du danger. Je n'ai pas eu écho des lois anti-juives, nous étions à la campagne. Nous ne vivions pas dans un milieu juif. Pourtant, nous gardions une petite différence. Quand, à l'école, on nous faisait chanter *Maréchal nous voilà*, ce n'était pas vraiment notre tasse de thé. À la maison, nous écoutions Radio Londres et moi, je chantais «Général nous voilà». Personne ne m'entendait, personne ne le remarquait, mais nous étions contre les Allemands, contre Vichy. Nous souhaitions la victoire des Alliés.

Cette photo, prise au printemps 1942 à Saint-Lambert-du-Lattay avant la tragédie du mois de juillet, est sans doute la dernière photo de mes parents. Leurs regards divergent et portent, semble-t-il, vers des horizons différents. On dirait un couple de paysans s'accordant une

---

4 232 hommes juifs sont encore arrêtés à Paris. C'est également à cette date qu'est ouvert le camp de Drancy, *Voyage d'étude à Auschwitz*, Fondation pour la mémoire de la Shoah, Mémorial de la Shoah, 2008, p. 36-37.

1. Le 27 juillet 1940, à la suite de la première ordonnance prescrivant le recensement des Juifs en zone occupée, un fichier des Juifs est établi dans chaque préfecture.

Mes parents,
dans leur jardin à Saint-Lambert-du-Lattay, avec Raymonde.

pause dans le travail quotidien. Lorsqu'on connaît le destin de mes parents, cette photo prend une dimension tragique.

Mon père, debout, mains sur les hanches, poing fermé, manches de la chemise soigneusement retroussées, a l'air soucieux, grave, préoccupé. Je le voyais grand et fort, robuste, un chef de famille que l'on écoute et sur lequel on peut s'appuyer. Un homme gentil et doux, mais rigoureux dans les exigences qu'il transmettait à ses enfants. L'obéissance aux maîtres et aux lois ne souffrait aucune discussion. Il avait aussi l'amour du travail bien fait, de l'ouvrage soigné. Quand je faisais mes devoirs, à la maison, sur un coin de la machine à coudre, mon père jetait toujours un regard par-dessus mon épaule. Je ne sais pas s'il lisait, mais il voyait si le travail était propre, soigné. Sa fierté, c'étaient nos bons résultats scolaires, nos tableaux d'honneur. Il y attachait une extrême importance.

À côté de lui, ma mère tient dans sa main droite une perche. Le corps alourdi par les maternités à répétition, elle pose en gardienne de sa nombreuse tribu. Les cheveux soigneusement ramenés en arrière, le regard fier, elle songe peut-être au travail qu'il lui reste à faire. On l'imagine, ferme et douce, distribuer ses consignes pour le bon fonctionnement de la famille. L'heure n'est pas à

La famille, réunie à Saint-Lambert-du-Lattay.
Denise, Blanchette, Odette, maman, moi,
Roger, papa avec Raymonde.
Debout au fond, Bernard ; devant, France et Madeleine.

la coquetterie. Lié par une même histoire, par le même
déracinement, mon père ne reverra jamais sa femme et
ses enfants. Une vie française, trop courte pour mon père,
interrompue dans les terres inconnues de la Haute-
Silésie, mais une vie suffisamment dense pour construire
une famille française.

L'année 1942 marque incontestablement une accélé-
ration dans la politique antisémite. L'assassinat organisé
gagne en efficacité. Le 20 janvier se tient la conférence

de Wannsee; en mars 1942 débute l'opération Rein-
hardt, en Pologne, avec la mise en service du centre
de mise à mort de Belzec, bientôt suivie en mai de celui
de Sobibor, puis en juillet de celui de Treblinka. Le
22 juillet, la déportation des Juifs du ghetto de Varsovie
vers Treblinka débute. En France, le 27 mars, un premier
convoi de déportés juifs part vers Auschwitz. La concor-
dance dans la chronologie ne laisse aucun doute : le
processus de la solution finale s'emballe.

L'Anjou reçoit en écho cette politique. Pour mieux
comprendre l'extrême violence qui va, durant l'année
1942, s'abattre sur la communauté juive du Maine-et-
Loire, il faut savoir que, dans le dispositif administratif
et militaire de la puissance occupante, Angers tient une
place centrale. Angers devient un élément majeur de la
répression allemande dans l'ouest de la France.

Le 19 juin 1940[1], les troupes allemandes entrent dans
Angers et s'installent pour cinquante interminables mois
d'occupation. Érigée au rang de capitale du Grand Ouest,
la capitale ligérienne abrite l'administration allemande,

1. En ce printemps 1940, avec l'effet cumulé de l'exode des civils
et la débâcle, la population angevine passe de quatre-vingt-dix mille à
cent vingt mille habitants. Le 17 juin, Angers est déclarée ville ouverte
après une attaque aérienne qui fit soixante-trois victimes. Marc Bergère,
« L'occupation », in *Angers XXᵉ siècle*, Jacques Maillard (dir.), ville d'Angers,
2000, p. 217.

la Militärverwaltung B (administration militaire du Sud-Ouest). Angers devient la troisième ville de France occupée, exerçant une fonction de commandement sur dix-sept départements de l'ouest de la France, de la Bretagne à la frontière espagnole[1]. Le statut de capitale régionale vaut à Angers l'implantation d'une cinquantaine d'organismes allemands, dont beaucoup de services de renseignements et de répression à rayonnement régional[2]. La présence allemande dans la capitale ligérienne

1. Marc Bergère justifie le choix angevin des Allemands: « *Les Allemands* [sont] *sensibles à la qualité de la desserte, à la proximité du littoral et au calme relatif d'un Ouest intérieur longtemps moins exposé aux attaques externes*», Marc Bergère, « L'Occupation », in *Angers XXᵉ siècle, op. cit.*, p. 217.

2. Angers est placé sous l'autorité du général-lieutenant Neumann-Neurode jusqu'en 1942. Le général-lieutenant Feldt lui succède. Parallèlement à l'organisation allemande, Vichy nomme Jean Roussillon préfet de Maine-et-Loire (16 août 1940-14 novembre 1941), il succède à Pierre Simon Ancel, celui-là même qui, sur ordre du gouvernement, proclama Angers ville ouverte. Jean Rousillon occupera du 30 juin 1941 au 6 juillet 1943 le poste de préfet régional d'Angers. Le préfet régional a autorité sur cinq départements: Maine-et-Loire, Loire-Inférieure, Sarthe, Mayenne, Indre-et-Loire.

Angers abrite un nombre important de services administratifs et économiques allemands. La Kommandantur, l'État major allemand, loge à la mairie jusqu'à la fin du mois de juillet 1940, date à laquelle elle se fixe au 12 rue Chevreul.

La Feldkommandantur tient son siège également à la mairie jusqu'en février 1941. Le 6 rue Bordier abrite les services de la Standeskommandantur (service du logement chez l'habitant). La rue des Arènes « accueille » le service des Ausweis. Avenue Pasteur se trouvent les bureaux de la propagande, chargés de la censure des journaux sur l'ensemble du District B. Dans le haut de la rue du Mail, les officiers supérieurs

est estimée à environ six mille personnes. Au 1er septembre 1943, on dénombrera à Angers deux cent cinquante-six immeubles, six cent quarante et une chambres et appartements et une cinquantaine de bâtiments et locaux divers occupés par les Allemands. Ainsi, des rues entières peuvent être considérées comme allemandes[1]. Angers a des allures de ville réquisitionnée.

À partir de 1942, la répression nazie s'intensifie. C'est en juin de la même année que s'installe à Angers le SIPO-SD[2], la police de sûreté et les services de sécurité nazie. Divisée en sept sections, dont la tristement célèbre Section IV (4A), elle allie les missions de la SD et de la Gestapo. Tenant siège au 16 rue de la Préfecture, elle a à sa tête le Kommandant SS Hans Dietrich Ernst[3],

disposaient d'un mess. Jean-Luc Marais (dir.), avec la collaboration de Cécile Lambert, *Les Préfets de Maine-et-Loire*, PUR, 2000, p. 76-77. Michel Lemesle, *Chronique d'Angers sous l'Occupation, 1939-1945*, éd. Philippe Petit, 1972, p. 69 à 74.

1. Marc Bergère, «L'Occupation», in *Angers XXe siècle, op. cit.*, p. 217 à 220.

2. La Sicherheitspolizei est la police de sécurité allemande créée en 1936 par Himmler. Elle regroupe deux organes : la Gestapo (GEheimeSTAatsPOlizei) qui rassemble les services de police politique du Reich, la Kripo (KRIminalPOlizei) qui est la police criminelle. La SIcherheitspOlizei est communément appelée SIPO. À partir de 1939, le Sicherheitsdienst (service de sécurité de la SS) est associé au sein du R.S.H.A. à la Sicherheitspolizei et la nouvelle organisation sera appelée SIPO-SD.

3. Hans Dietrich Ernst est né à Oppein en 1908. Après des études de droit, il débute sa carrière en France, à Bordeaux, comme administrateur militaire. Il arrive à Angers en juin 1942. D'après Serge Klarsfeld,

qui fera d'Angers un centre de la répression antijuive et mettra un zèle particulier et remarqué à appliquer, en Anjou, la solution finale de la question juive. La Gestapo établit des postes locaux dans les départements de l'Ouest : Loire-Atlantique, Sarthe, Mayenne, Indre-et-Loire dans les villes de Nantes, Le Mans, Laval, Tours.

C'est cette machine administrative et policière qui va, durant l'été 1942, broyer ma famille. Avec application, minutie, attention, on recense, contrôle, surveille une communauté juive dont le seul tort est d'exister. Quant tout est enfin prêt, le déferlement de violence n'épargne aucun village. Le moindre petit hameau devient terrain de répression. On fouille l'Anjou comme on fouille un grenier.

Ernst est responsable de la déportation de 84 463 Français et de près de 2 000 Juifs étrangers. En 1944, il se trouve dans l'est de la France où des commandos, portant son nom, se livrent à des massacres. Il sera, à deux reprises, condamné à mort par les tribunaux français.

L'arrestation

J'ai été arrêté un mois et dix jours après mon quinzième anniversaire.

Le 15 juillet 1942, un camion s'est garé devant chez nous. Je me souviens de soldats allemands qui portaient l'insigne des Feldgendarme. Ils sont montés au premier étage, là où nous habitions. Ils avaient une liste et ils arrêtaient tous ceux qui avaient entre quinze ans et cinquante ans. Sur la liste figuraient les noms de ma mère qui avait quarante-deux ans, de ma sœur Denise vingt et un ans, de mon frère Bernard dix-sept ans, et moi, qui venais d'avoir quinze ans. Mon père n'était pas sur la liste, il avait cinquante-quatre ans.

Un petit cahier à spirale a été retrouvé dans les archives, sur lequel le secrétaire général de la préfecture du Maine-et-Loire a enregistré, le 16 octobre 1940, la déclaration du chef de notre famille, mon père, comme l'exigeait

Moi, Denise et la petite Raymonde
à Saint-Lambert-du-Lattay, juin 1942.

l'ordonnance allemande du 27 septembre 1940. Devant
le numéro d'ordre 32 figure mon nom : Borlant Hirsch,
né à Paris, dans le 10ᵉ arrondissement, de nationalité
française, célibataire, demeurant à Saint-Lambert-du-
Lattay. La rubrique « profession » indique « écolier ». Seule
observation particulière : religion juive. Sous mon nom,
ceux de Roger, d'Odette, France, Madeleine et Raymonde, la petite dernière, née à Saint-Lambert. Devant
chacun des noms des membres de ma famille, un tampon
rouge mentionne en lettres capitales, immédiatement
repérables : « JUIF » ou « JUIVE ».

Je ne me souviens pas d'avoir porté l'étoile jaune.

Dans les archives a aussi été retrouvée une liste établie
selon une directive du ministère datant du 26 mai,
ordonnant au préfet un nouveau recensement des
Juifs français et étrangers vivant dans le Maine-et-Loire.
Parmi les quatre cents noms, ceux de ma famille portent
les numéros 124 à 133. Je suis le n° 127. Sur les quatre
cents noms, trois cent quarante-cinq sont déclarés sans
profession, illustration locale des mesures d'exclusion
prises par Vichy. Je sais aujourd'hui que cette liste a été
l'instrument, dans le Maine-et-Loire, des arrestations
de juillet 1942.

Dans le camion, c'étaient des soldats allemands.
On nous avait fait préparer un baluchon avec quelques

vêtements et un peu de nourriture[1]. On ne nous a rien dit, ni où nous allions, ni pour quoi faire, ni pour combien de temps. Nous sommes partis en laissant mon père et les cinq plus jeunes à la maison. Mon frère voulait s'évader. Il travaillait dans une ferme des environs. On était allés le chercher dans la ferme, à quelques kilomètres du village. Il est arrivé en sabots. Il a été déporté en sabots. Il a dit à ma mère : « Moi je me sauve. » Ma mère lui a répondu que s'il faisait ça, les Allemands s'en prendraient aux petits.

Aujourd'hui, nous savons que l'on était à la veille de la rafle du Vél d'Hiv, et que notre arrestation s'inscrivait dans la plus grande rafle opérée dans le Maine-et-Loire. Un rapport, en date du 16 juillet 1942, adressé au préfet du Maine-et-Loire par le commissaire central d'Angers, rend compte du bon déroulement des opérations. C'est

---

1. Certainement nous a-t-on remis cette liste (encore une) détaillant les effets personnels à emporter : Il s'agit d'un papier rédigé par les autorités allemandes. Nous les restituons en respectant l'orthographe. « *Chaque personne doit se munir : 1 paire de chaussure pour les travail (montante et solide)- 2 chemises (rikots)- 2 paires de caleçon- 2 couvertures de laine-2 pairs de draps et 2 taies d'oreiller- 1 gamelle- 1 gobelet d'étain- 1 cuillère-1 pull. Et dans les ustensiles les plus nécessaires, savon, peigne, essuie-main. Aussi doit-elle se munir du ravitaillement pour 5 jours. Elle n'est autorisée de prendre qu'une pièce de bagage, ou bien une petite caisse ou bien un sac à dos* » Cité par Alain Jacobzone, *L'Éradication tranquille. Le Destin des Juifs en Anjou*, Ivan Davy, 2002, p. 97.

toujours avec beaucoup d'étonnement que j'y lis la description en langage administratif d'événements qui ont transformé ma vie. Comme si je passais de l'autre côté du décor : « *[...] j'ai l'honneur de vous rendre compte que depuis hier à 20 heures [c'est-à-dire le 1ᵉʳ juillet] avec interruption de minuit à 5 heures, mon personnel assiste les services allemands S.D. 15 rue de la Préfecture dans les opérations contre les Juifs. À ce jour 15 heures, 31 hommes et 21 femmes avaient été conduits au Grand Séminaire, où ils sont provisoirement réunis en attendant leur départ pour une destination inconnue. Les opérations continuent. Angers est un centre de rassemblement ; des convois sont attendus des départements voisins. On signale pour demain 17 juillet, au train de 17 h 51, l'arrivée de 40 personnes de provenance inconnue. Les Juifs du Mans doivent venir en camions automobiles. Un convoi est attendu de Poitiers* ».

On nous a donc conduits à Angers, où l'on nous a enfermés effectivement dans le grand séminaire. Les hommes et les femmes sont séparés. J'ai quitté ma sœur et ma mère et je suis resté avec mon frère Bernard. On nous a entassés dans les petites chambres du séminaire. Les séminaristes en vacances avaient libéré l'aile gauche ; les portes sont fermées à clef, nous ne sommes pas sortis des chambres.

Michel Lemesle, dans son ouvrage *Chronique d'Angers*

sous l'occupation, un des premiers en Anjou à avoir évoqué ces heures terribles, raconte à partir d'un témoignage ce que furent les conditions de vie durant ces cinq jours : « *M. Lasne, chargé d'assurer l'entretien au Grand Séminaire, se rappelle d'avoir assisté au « déchargement » des Juifs aussitôt alignés sous le Cloître, le dos tourné à la murette. Face à eux des soldats allemands leur faisaient ouvrir leurs bagages, et une grande partie du contenu des valises était enlevé. Le butin était ensuite partagé entre les soldats, et ce qui ne pouvait pas être utilisé, valises ou vêtements, était entassé et brûlé dans la cour intérieure. Au rez-de-chaussée, face au cloître et sur le côté droit d'une entrée desservant les étages, les femmes étaient couchées sur la paille à raison de huit par chambre. D'un autre côté avaient été entassés les hommes au point de ne plus pouvoir se mouvoir[1].* »

Mon frère et moi pensions que nous devions servir de main-d'œuvre. Au bout de deux jours, les Allemands ont ramené maman à la maison et mon père nous a rejoints. Ce remplacement, qui demeure encore un mystère pour moi, nous conforte dans l'idée que l'on nous prenait pour aller travailler. Le fait de prendre des gens entre quinze et cinquante ans nous donnait à

---

1. Michel Lemesle, *Chronique d'Angers sous l'Occupation, 1939-1945, op. cit.*, p. 105.

penser qu'ils recherchaient des gens valides. Parce que inapte aux travaux pénibles, on ne voyait pas ma mère en train de travailler. À la place, ils ont pris son mari qui avait cinquante ans passés, mais c'était un grand et solide gaillard. À aucun moment nous n'imaginions que l'on nous déportait pour être exterminés.

Durant le mois de juillet 1942, Angers devient le centre de regroupement des autres convois constitués dans l'Ouest. Le premier arrive à la gare d'Angers-Saint-Laud avec dix-huit personnes en provenance de Tours, le deuxième, entre 13 h 00 et 20 h 30, quatre-vingt-quatorze personnes de Nantes, puis trois cent quatorze Juifs de Tours à nouveau et deux cent trente de Laval et du Mans[1]. Afin d'éviter toute manifestation, les environs de la gare sont évacués. «*Arrivés à Angers*, se souvient le docteur Lettich, *nous sommes dépouillés de nos objets de valeur et de tous nos souvenirs les plus chers*[2].»

1. Alain Jacobzone, *L'Éradication tranquille, op. cit.*, p. 97.
2. Collectif, *1945-2005, La Déportation. Angers se souvient*, Ville d'Angers, 2005, p. 20.

Les Justes

Pendant que l'on rafle, concentre et dépouille les Juifs, il y a des hommes et des femmes, à Saint-Lambert-du-Lattay, qui ne restent pas spectateurs de la persécution. À mon retour de déportation, j'ai appris comment ma mère et les cinq plus jeunes de ses enfants avaient survécu. En 1943 (les souvenirs familiaux évoquent mars, un document d'archives laisse penser que c'était en automne), le père d'un camarade de classe, le gendarme Baudet, a vu ma petite sœur Odette qui allait faire des courses à bicyclette. Il l'a prise à part et lui a dit : « Retourne vite à la maison dire à ta mère que les gendarmes vont revenir vous arrêter… Il faut que vous vous sauviez très vite. Dis à ta mère que si elle est embarrassée pour partir, si elle ne sait pas comment faire, qu'elle aille voir le maire du village, monsieur Français, il l'aidera. »

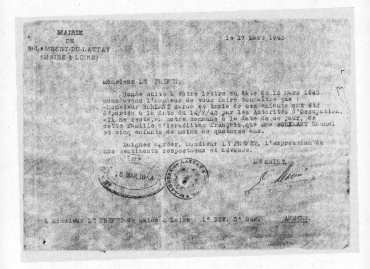

Lettre de la mairie de Saint-Lambert.

Effectivement, l'administration enquête et interroge la mairie de Saint-Lambert-du-Lattay. La réponse de M. Français au préfet souligne deux points essentiels : d'une part, la famille Borlant est française et d'autre part, les enfants demeurant à Saint-Lambert sont tous âgés de moins de seize ans.

En effet, depuis le deuxième semestre 1942, la chasse aux Juifs prend de l'ampleur. Le 14 septembre 1942, l'Agence télégraphique juive relaie cette déclaration de

Pierre Laval : « *Selon radio Paris, M. Laval a annoncé vendredi dernier, lors d'une conférence de presse, que le gouvernement de Vichy est disposé à faire une concession en ce qui concerne la déportation des enfants juifs. Ceux-ci, au lieu d'être séparés de leurs parents seront dorénavant déportés en même temps qu'eux, il ajoute : personne, ni rien, ne pourra nous dissuader de mener à bien notre politique qui consiste à purger la France des éléments indésirables, sans nationalité*[1]. » Cette déclaration fait suite à la réponse positive formulée par les autorités allemandes à la demande française de déporter les enfants de moins de seize ans. En effet Eichmann, le 20 juillet 1942, soit le jour même du départ d'Angers du convoi n° 8, autorise par téléphone la déportation des enfants de moins de seize ans[2].

---

1. Michael R. Marrus, « Vichy et les enfants juifs », *L'Histoire*, n° 22, avril 1980, p. 6 à 15

2. À Angers, un lieu symbolise le projet génocidaire nazi, la villa Suzanne au 6 rue Diderot. La villa Suzanne, occupée par les époux Fajgenbaum, devient un lieu d'hébergement provisoire pour plusieurs enfants juifs dont les parents ont été arrêtés. Le couple reçoit un groupe de dix enfants âgés de deux à quatorze ans : Esther Behar, Roger et Sylviane Czyzewski, Annie Gurwicz, Samuel Heller, Claude Poulner, Maud Levy, Régine et Colette Smulevici et Isaac Ellert. En théorie, cet hébergement devait leur garantir la sécurité. En septembre 1942, tous ces enfants furent arrêtés et emmenés à Drancy. Ils furent tous déportés par le convoi n° 36 qui partit de Drancy le 23 septembre 1942. Aucun ne revint.

LEGION d'ANJOU
‑‑‑‑‑‑‑‑
ompagnie de Maine et Loire   A St-Lambert du Lattay, le 30 Novembre
‑‑‑‑‑‑‑‑
Section   d'Angers
‑‑‑‑‑‑‑‑
rigade de St-Lambert du   R A P P O R T
      Lattay.
   No 199/2.
                                du Maréchal des Logis Chef LHOUMEAU,
                                Commandant la Brigade de St-Lambert du Lattay

                           sur le départ de la famille Juive BORLANT

                     Référence: Note Préfecture d'Angers du 28/5/42.

                    Le samedi 20 Décembre 1943 dans la matinée la famille
             Juive BORLANT,composée de cinq personnes a quitté St-Lam-
             bert du Lattay (Maine et Loire)où elle résidait depuis D
             cembre 1939,pour une destination qui demeure inconnue.

                    La propriétaire du local qu'elle occupait, Mme SAUDRON,
             déclare que sa locataire et sa famille sont parties sans
             remettre la clé du logement et sans donner le moindre dé-
             tail sur ses intentions futures,en emportant quelques ba-
             gages,vraisemblablement le peu d'effets d'habillement qu'
             elle possédait.

                    Mme BORLANT et sa famille se sont rendues à Angers à
             la date indiquée en empruntant la camionnette de Monsieur
             Blanchard négociant en vins à St-Lambert du Lattay,lequel
             avait été sollicité à titre gracieux,au cours d'un voyage
             qu'il faisait à Angers pour les besoins de son commerce.

                    Mr.Blanchard n'a reçu aucune confidence et il préten-
             dait que Mme BORLANT se rendait à Angers pour habiller ses
             enfants.

                    ETAT-CIVIL de la famille BORLANT
                                 (Mère)
             BEZNOS,Rachel fe BORLANT née le 12/5/1900 à SAROKY(Russie
             fille de HERSCH et de SARAH,Grenits.
                                 (Enfants)
             BORLANT,Roger,né le 29/5/1929 à PARIS (18ème)
             BORLANT,Odette,née le 18/3/1931 à PARIS(13ème)
             BORLANT,France,née le 29/12/1934 à Paris(13ème)
             BORLANT,Madeleine,née le 15/8/1936 à Paris (13ème)
             BORLANT,Raymonde,née le 1/9/1939 à St-Lambert du Lattay
             (Maine et Loire) fils et filles de Avrum et de Beznos,
             Rachel.

 -Destinataire-
 -réfet de Maine
 Loire-
 ‑‑‑‑‑‑‑‑

Rapport de la Légion d'Anjou.

Le document ci-contre relate, sur le plan administratif, les circonstances du départ de ma mère et des enfants. Le document est daté du 30 novembre 1943, il s'agit d'un rapport rédigé par le maréchal des logis-chef Lhoumrau, commandant de la brigade de Saint-Lambert-du-Lattay, «*sur le départ de la famille juive Borlant*» :

Ma mère se précipite chez le maire : «*Ne dites rien à personne, préparez vos affaires, dans la nuit on enverra quelqu'un vous prendre.*»

Une chaîne de complicité, de solidarité se met alors en action : un maire, M. Français ; un secrétaire de mairie, M. Alain Aubry, qui fournit les fausses cartes d'identité ; un gendarme, M. Baudet, qui avertit la famille. Et aussi un épicier, M. Bartélémy, et une guérisseuse, Mme Béliard. Avant de partir, ma mère est allée lui dire adieu. Cette femme bonne et pieuse qui la soulageait quand elle était souffrante lui a dit : «Attendez, madame Borlant» et elle est partie lui chercher ses économies : «Vous en aurez plus besoin que moi.» Ma mère a envoyé mon frère Roger, qui avait quatorze ans, dans l'épicerie tenue par M. Bartélémy, à un kilomètre de Saint-Lambert. Il lui a donné tout ce que mon frère pouvait porter : «Tu diras à ta mère qu'elle me paiera après la guerre.» Chacun constituant, à son niveau, ce maillon humain sans lequel aucun sauvetage n'est

De gauche à droite : France, Raymonde, Odette.
Derrière : Madeleine et Roger en 1942.

possible ; chacun faisant spontanément, sans calcul ni arrière-pensée, le choix du bien. Ce que j'appelle, plus justement peut-être, le choix du cœur. Commence alors pour ma mère, Roger, Odette, France, Madeleine, Raymonde une vie de clandestinité.

Une solidarité qui prend très vite la forme d'une stratégie de sauvetage. De Saint-Lambert, la famille est conduite à Angers en voiture par Jacques Blanchard. Ma mère et les enfants attendent dans l'arrière-salle d'un café. Un homme, Paul Justau, vient les chercher. Il les conduit chez lui. Roger, mon frère, me dit avoir été très impressionné par le comportement humain de cet homme qui les invite à dîner chez lui avec sa famille de grand-bourgeois, en toute simplicité. Le lendemain, Paul Justau les conduira chez sa sœur, une châtelaine vivant à Champtocé-sur-Loire. Ils resteront plusieurs mois dans la forêt, dans une maison isolée que Mme Laurenceau, la châtelaine, a mise à leur disposition. Quand elle leur demandera de partir par peur du danger, ils retourneront à Paris, ne sachant plus où aller. Pour moi, toutes ces personnes sont des Justes. Il n'est point besoin de médaille pour les reconnaître[1].

À mon retour des camps, j'apprends par ma sœur Odette ce que fut cette vie clandestine : pas de tickets de rationnement, parce que la famille vivait dans la

---

1. « *Certains furent reconnus Justes parmi les nations. D'autres resteront anonymes, soit qu'ils aient laissé leur vie en aidant l'autre, soit que, dans leur modestie, ils n'aient même pas songé à faire valoir leurs actes* », *Discours et messages de Jacques Chirac…*, *op. cit.*, F.F.D.J.F., 2007, p. 119.

clandestinité, sans ressources, cachée dans des endroits insalubres… et toujours, la faim et la peur.

Ils sont revenus dans notre appartement parisien, il y avait les scellés sur la porte. Ils ont habité là, à découvert, sans plus se cacher. On pouvait les arrêter d'une minute à l'autre. Ils ne savaient plus quoi faire. Raymonde, la plus jeune de mes sœurs, m'a raconté qu'elle allait sonner aux portes pour essayer de vendre de vieux vêtements et récolter quelque argent pour avoir de quoi manger. C'était ça leur vie.

La déportation

Un subordonné, qui accompagnait le commissaire central d'Angers au grand séminaire afin d'assurer le bon déroulement des opérations, relate dans son rapport du 21 juillet, soit le lendemain du départ du convoi n° 8, les étapes de « *transfèrement des Juifs* ». Après avoir rappelé que les services de police allemands « *ont placé les scellés sur les logements devenus vacants à la suite des arrestations* », puis évoqué le sort des enfants des familles juives arrêtées, il en arrive au déroulement de la triste journée du 20 juillet :

« *Hier 20 juillet a eu lieu, à partir de 12 heures, le transfèrement des Israélites qui avaient été rassemblés au Grand Séminaire, vers le quai du Maroc, à l'aide de la compagnie des Tramways d'Angers et de quelques camions. En premier lieu, un groupe d'hommes de corvée a été transporté sur place et a procédé à l'aménagement des wagons de marchandises destinés à l'embarquement. Les femmes israélites au nombre de 400 environ ont été transférées ensuite et groupées sur le quai en attendant l'embarquement. Les hommes, environ 400, ont été embarqués dès la descente des cars à raison de 40 par wagon… Ces opérations se sont déroulées sans incident sérieux. »*

« *Toutefois*, précise le rapport, *je crois devoir signaler que plusieurs femmes se sont évanouies sur le quai et dans les wagons, et quelques autres ont tenté de s'enfuir*[1]. »

Tout est terminé à 17 heures. Une note manuscrite, figurant en marge du même rapport, précise : « *Le convoi quitte la gare St Laud vers 21 h 30.* » C'est bien du quai du Maroc, derrière la caserne Eblé, à l'abri des regards, que le convoi n° 8, le seul avec celui du 11 août 1944 (Lyon), va être acheminé directement à Auschwitz sans passer par Drancy.

On nous met dans des wagons à bestiaux. On bourre les wagons. Je ne garde aucun souvenir du trajet qui nous conduisit du grand séminaire au quai du Maroc. Je me vois dans le wagon. C'est tout. Le docteur Lettich, un compagnon d'infortune, se le rappelle pour moi : « *Le lendemain, nous descendons dans la cour et nos gardiens nous font monter dans des camions pour nous emmener à la*

---

1. Alain Jacobzone, *L'Éradication tranquille*, *op. cit.*, p. 99.

gare où nous sommes embarqués dans des wagons à bestiaux, soixante à quatre-vingts hommes par wagon, portes et fenêtres hermétiquement closes[1]. » (Bien loin des quarante personnes mentionnées dans le rapport de police du 21 juillet.)

Pour mon père, Denise, Bernard et moi commencent alors d'interminables heures d'attente avant le départ vers l'inconnu. Sans ravitaillement, sans eau et sous une forte chaleur. Dans le wagon, on était entassés. C'était très inconfortable, parce que l'on ne pouvait ni s'allonger ni s'asseoir. On était encastrés les uns dans les autres. Dans un coin, on nous a montré un récipient pour faire nos besoins. C'était extrêmement préoccupant, on se disait que c'était impossible de faire ses besoins devant tout le monde. On ne savait pas pour combien de temps on partait, ni où on allait. Il y a eu des chamailleries, à cause d'une petite lucarne qui laissait entrer un peu d'air et de clarté. C'était une place recherchée. Mon souci était de rester près de mon père et de mon frère. Certains se sont mis près du baquet, d'autres s'en sont éloignés. Très vite, on a été incommodés, et quand il fallait aller au petit coin pour faire ses besoins, c'était difficile de

1. André Lettich, Lazar Moscovici (dir.), *1942. Convoi n° 8*, éd. du Retour, p. 26.

ne pas se marcher les uns sur les autres. C'était l'été, il faisait chaud. Puis le train est parti, ce n'était pas un rapide. Ce n'est que le lendemain que nous sommes passés à Versailles. Cela a duré trois jours et trois nuits. Dès que le baquet a été plein, ça a débordé. On a abrité avec des manteaux et des couvertures ceux qui allaient faire leurs besoins. Pour des gens qui vivaient en liberté quelques jours auparavant, c'était insupportable. Nous étions anxieux de savoir où l'on nous amenait, nous guettions le nom des villes traversées pour avoir une idée de la direction que prenait notre train. On a simplement vu que l'on traversait la France. Puis à un moment, on était en Allemagne. On essayait, par les interstices entre les planches du wagon, ou par la lucarne, de lire le nom des patelins. On était pressés d'arriver.

On nous arrêtait parce que juifs. Nous étions coupables d'être juifs. Il n'y avait rien à comprendre, je ne comprenais rien. Nous étions ahuris, sous le choc. J'étais anesthésié. On avait peur, on se faisait du souci pour ma mère restée avec les enfants, on se demandait comment elle allait survivre, comment elle allait les nourrir. Qu'est-ce qu'elle allait faire ? On lui enlevait les aînés, on la laissait seule, sans ressources, avec cinq petits, et la plus jeune qui n'avait pas encore trois ans. Une rumeur court, il paraît que nous allons en Ukraine pour faire les moissons. Denise était dans un wagon de femmes. À un arrêt, par la lucarne, j'ai cru l'apercevoir sur le quai pour une corvée. C'est la dernière image que j'emporterai d'elle.

Dans le wagon, j'ai vu que des gens écrivaient des messages qu'ils jetaient par la lucarne. J'avais gardé sur moi un petit carnet, j'en ai détaché une page sur laquelle j'ai écrit : « *Maman chérie il paraît que nous partons en Ukraine pour faire les moissons, etc.* », avec son adresse. J'ai ajouté une pièce de monnaie afin de lester mon message et pour payer le timbre. J'ai plié la feuille, mis un élastique autour et balancé le tout par la lucarne. Ce mot, un employé l'a ramassé et l'a fait parvenir à ma mère avec un message de sympathie et d'encouragement écrit de sa main et signé : Un Cheminot.

Le 7 août, l'Union des Israélites de France[1] interroge, par courrier, le préfet du Maine-et-Loire sur la nature des arrestations opérées dans le département les 15 et 16 juillet 1942 :

---

1. L'Union générale des Israélites de France fut créée par la loi française du 29 novembre 1941 à la demande des autorités allemandes. L'UGIF avait pour mission de représenter la communauté juive auprès de l'État français. Tous les Juifs demeurant sur le territoire français étaient tenus d'y adhérer.

> Le 21 Juillet 44
>
> Madame
>
> Votre fils étant de passage ce jour à Versailles a pu me lancer ce petit mot qui vous a écrit que je joins à ma lettre qui ma fait peine à le lire
>
> Prenez courage et aussi de les revoir bientôt
> Recevez Madame nos respectueuses salutations
>
> Un Cheminot

Lettre du cheminot.

« *Monsieur le Préfet,*
J'ai l'honneur d'appeler votre attention sur le fait qui vient
d'être porté à notre connaissance, à savoir que de nom-
breuses familles d'Israélites, dont la nationalité française

ne peut faire aucun doute, avaient été comprises dans les mesures d'arrestations des 15 et 16 juillet et envoyées dans des camps d'internement.

Or, ces mesures ne devaient s'appliquer qu'à des Israélites étrangers et c'est ainsi que les instructions ont été comprises et strictement observées à Paris et dans le département de la Seine.

Nous vous serions reconnaissants, Monsieur le Préfet, de vouloir bien donner d'urgence les ordres nécessaires au camp d'internement de Monts pour la libération des Israélites français ainsi arrêtés à tort et actuellement internés… »

Le préfet, à son tour, transmet une lettre aux autorités de Vichy, dans laquelle il signale que les rafles de juillet ne se seraient pas déroulées dans son département dans les mêmes conditions que le reste de la zone occupée[1]. Suite à la demande d'explications de l'Union des Israélites de France, il interroge les autorités d'occupation à Angers. Lesquelles répondent, le 18 août : « *Les Juifs français arrêtés pendant l'action contre les Juifs "sans patrie" s'étaient tous rendus coupables. Pour cette raison ils ont été transportés dans des camps de travail à l'Est.* »

1. Cité par Alain Jacobzone, *L'Éradication tranquille, op. cit.*, p. 105.

Conscient de la violence des opérations antijuives menées dans son département, le préfet Pierre Daguerre note, dès le 24 juillet : « *Ces arrestations en vue d'une déportation massive de Juifs de toutes catégories, on peut même dire de toutes nationalités, y compris parfois la nationalité française, avaient déjà ému la population.* » Mais cette émotion devient plus vive encore et se traduit dans maintes circonstances lorsque sont connus certains détails particulièrement pénibles dont est assortie cette rafle. L'Anjou aurait-il connu un traitement particulier ? Dans son journal de guerre, Joseph Pineau, étudiant en 1942, relate cet épisode dramatique : « *Je les ai vus partir, sur la cour de la gare, pour les camps de concentration. Les gendarmes allemands les poussaient dans les camions, comme des bêtes. Chacun avait son petit paquet [...]. Un policier au collier d'argent [...] chassait en braillant tous les gens assis autour de la gare, jusque sur la terrasse des hôtels. Un camarade de collège qui se trouvait là me rapporta que, près de chez lui, on avait emmené en pleine nuit de pauvres gens encore ensommeillés, laissant tout seuls dans la maison deux petits enfants, que recueillit une voisine charitable. C'est inhumain ! Je suis revenu, ce soir-là, écœuré de ce que j'avais vu*[1]. »

---

1. *Ouest France*, le 30 juillet 1992.

Plaque 1942-2002.

Tous ces documents témoignent de l'extrême violence de cette rafle des 15 et 16 juillet 1942. Peutêtre fit-elle naître dans la population un sentiment d'empathie pour les victimes, mais passer de la compassion à l'action… il y a un pas que l'on ne franchit pas facilement : il y a tous les autres soucis, la guerre, les prisonniers, les prises d'otages, la répression de la Résistance, le problème du ravitaillement. Pour la majorité

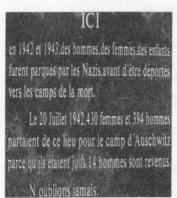

ICI

en 1942 et 1943,des hommes,des femmes,des enfants
furent parqués par les Nazis,avant d'être déportés
vers les camps de la mort.

Le 20 Juillet 1942,430 femmes et 394 hommes
partaient de ce lieu pour le camp d'Auschwitz
parce qu'ils étaient juifs.14 hommes sont revenus.

N'oublions jamais.

20 juillet 1992. Désiré Hafner et moi dévoilons la plaque
apposée au grand séminaire d'Angers, commémorant ainsi
la déportation vers Auschwitz du 20 juillet 1942.

des Angevins, la disparition des Juifs passe presque
inaperçue[1].

C'est le cas de notre déportation. En juillet 1992, à
l'occasion du cinquantième anniversaire du départ du
convoi n° 8, c'est parce que mon compagnon de déportation, le Dr Désiré Hafner et moi-même, tous deux
survivants de notre convoi, l'avons demandé qu'une

1. Alain Jacobzone dans *1942. Le Destin des Juifs en Anjou*, et un
film de Jean-Philippe Pineau et Dominique Philippe, 2009.

plaque a été apposée sur le mur du grand séminaire en mémoire des huit cent vingt-quatre victimes juives parties d'Angers.

Deux autres plaques ont été apposées dans le hall de la gare d'Angers-Saint-Laud.

Le 23 juillet 1942, vers quatre heures de l'après-midi, la porte du wagon s'est ouverte à Birkenau. Le choc a été considérable. Huit jours auparavant, j'étais avec papa et maman, petit garçon gentil, poli, pas très téméraire, pas vraiment casse-cou. Sans transition, je me retrouve balancé dans cet univers. On ne savait plus où l'on était. Le train s'est arrêté en rase campagne. Il n'y avait pas de gare, il n'y avait pas de quai. C'était comme si le train s'était arrêté dans un champ, parce qu'il n'y avait plus de rails. L'arrêt, ça a été un moment de violence. Nous étions contents d'être enfin arrivés, on était soulagés, on attendait cela avec une grande impatience. On pensait que la peine, la souffrance, l'inconfort allaient cesser. Dès que le wagon s'ouvrirait, on allait être délivrés de tout ça, et puis ce fut le contraire. L'arrivée, c'était l'enfer. Nos illusions sont tombées. Il y a eu des bruits, on frappait sur les portes, on entendait des cris, des ordres hurlés dans une langue étrangère. Il a fallu sauter des wagons à bestiaux, laisser nos paquets. C'était l'affolement. Les gens étaient ankylosés, ils tombaient les uns sur les autres. Il y avait une mise en scène pour nous effrayer, nous terroriser. Ils faisaient du vacarme, ils hurlaient des ordres en allemand, ils excitaient les chiens qui aboyaient et essayaient de nous mordre. Il fallait courir, il fallait lâcher les bagages, on nous le disait en allemand, moi je ne comprenais pas ; on voyait simplement que l'on nous bousculait. On nous tapait dessus, on nous faisait courir, toujours courir, vers l'avant du train, on regardait ceux qui avaient l'air de comprendre : « Qu'est ce qu'il dit ? Qu'est-ce qu'il dit ? » Il faut aller devant, il faut courir, il ne faut rien garder dans les mains. On avait peu de chose, c'était contre nature de se séparer de nos objets personnels. En nous terrorisant, cela simplifiait leur tâche, ils n'avaient pas à répondre aux questions.

Les hommes ont été séparés des femmes. À l'avant du train, il y avait des officiers SS. Moi, j'ai couru en tenant mon père et mon frère par la main… Je n'ai pas vu la sélection à l'arrivée. Un officier faisait le tri, mettait à part les femmes avec des enfants, les femmes enceintes, les personnes âgées, les gens qui boitaient, les malades, les difformes… Ceux-là, on les faisait monter dans des camions.

Birkenau.

C'était l'affolement, tout était étrange. À la descente du train, on découvrait des gens avec des costumes de bagnards, des habits rayés. C'était surprenant, très inquiétant. C'était un mauvais présage.

C'était l'affolement parce qu'il fallait toujours courir, courir, sous les cris, et les coups.

C'était l'affolement redoublé par le fait que l'on ne comprenait pas ce qu'ils disaient. On a réalisé que l'on arrivait en enfer.

Une fois dans le camp, on nous a fait entrer dans une salle. La première épreuve très difficile fut lorsqu'on nous a ordonné de nous mettre tout nus. J'avais quinze ans, j'étais un garçon pudique, je ne m'étais jamais mis nu devant mes parents, ça me paraissait un ordre impossible à exécuter. Il a fallu les coups. Les gens qui ne se déshabillaient pas se faisaient tabasser. On a commencé à se déshabiller. Ça a été pour moi le premier choc, une honte, et je me disais « plutôt mourir »… ou quelque chose de cet ordre-là. Puis on s'est retrouvés tout nus, et voir mon père nu… Une équipe de déportés est venue, ils nous ont tondus, un autre choc, et j'ai vu mon père, mon frère et les autres, le crâne tondu. C'était très déstabilisant, choquant. D'autres encore nous ont rasés partout, sous les bras, le pubis, ils nous ont fait prendre des positions très humiliantes… Était-ce par sadisme ? Par méchanceté ? Ou bien pour voir si certains ne cachaient pas quelque chose entre les fesses ? Je n'avais pas le moindre poil, cependant on m'a passé le rasoir partout. Tout cela dans le même temps : tondus, rasés…

Après sont venus les tatoueurs qui nous ont marqué sur l'avant-bras gauche un numéro de matricule. J'ai immédiatement compris que c'était pour la vie. Mon père, mon frère et moi avions des numéros qui se suivaient. Moi j'ai le numéro 51 055. Le numéro de matricule, c'est quelque chose que l'on apprend à comprendre très vite, dans toutes les langues du camp. Si nous ne comprenions pas immédiatement, nos tortionnaires brandissaient un bâton qu'ils appelaient par dérision «l'interprète», le *Dolmetscher*, avec lequel ils nous tapaient dessus. C'est comme ça que j'ai commencé à apprendre les langues étrangères.

On nous a balancé un paquet de vêtements encore humides et tièdes, parce qu'ils étaient passés à l'étuve, à la désinfection. On désinfectait à la vapeur mais on ne lavait pas. Ces vêtements étaient sales, usés, souillés, déchirés, portés par des gens qui étaient sans doute morts dedans. On ne se préoccupait pas de la taille. Il fallait coudre un bout de coton sur lequel était inscrit notre numéro, à gauche sur la poitrine et à droite sur le pantalon. Pour les Juifs, le numéro était précédé d'une étoile à six branches, l'étoile de David. On nous a aussi donné des chaussures, des semelles de bois avec de la toile dessus. On ne se souciait pas de la taille, on s'arrangeait entre nous. Ces chaussures nous obligeaient à une démarche malcommode et ridicule. Puis on a reçu l'ordre de courir vers une baraque.

Au début, à Birkenau, j'étais avec mon père et mon frère. Au block 9, un block en dur, en brique. On nous fait mettre sur des châlits à trois niveaux. Nous sommes sept ou huit par niveau. Les plus habiles grimpent sur les châlits du dessus, en dessous on reçoit tout ce qui tombe d'en haut. Il y a une maigre paillasse et une couverture avec laquelle on se couvre tous.

Très vite, on nous fait faire de l'exercice. On nous fait mettre en rang, on nous donne des ordres, tout cela en allemand. Très vite, on en prend un au hasard, on le tue devant tout le monde pour nous montrer que notre vie n'a aucune valeur. On nous tient des discours pour nous dire qu'il ne faut pas se faire d'illusions, que l'on ne sortira d'ici que par la cheminée, et c'est vrai que l'on voyait des cheminées qui fumaient et que l'on sentait l'odeur de chair brûlée. On en verrait de plus en plus, puisque nous allions construire des crématoires et des cheminées que l'on verrait fumer à l'arrivée de chaque convoi. On apprendra très vite que ceux qui ne sont pas entrés dans le camp ont été gazés et brûlés. On n'a pas le temps de réfléchir, de s'affliger. On est sous la menace, sous la terreur. Je reste accroché à mon père et à mon frère. J'apprends très vite quelques mots d'allemand et de yiddish, de polonais et de russe, et un peu de toutes les langues qui se parlent dans le camp.

Dans le block, il y avait le chef de block; sous ses ordres se trouvaient les chefs de chambrée. Au travail, à la tête du Kommando, il y avait le kapo[1] qui avait sous ses ordres les chefs d'équipe. À Birkenau, en 1942, on était la proie des tueurs. Il y avait des gens très fiers du nombre de personnes qu'ils tuaient chaque jour. C'étaient généralement des droit-commun allemands.

Nous sommes restés tous les trois au block 9, peut-être pendant une dizaine de jours, puis on nous a mis, mon frère Bernard et moi, dans une baraque de jeunes au block 16. Et bien sûr, toujours sans nouvelles de Denise.

Après, le travail a commencé. C'était encore l'enfer. On était en plein été. Au début, c'était un travail sans utilité: on nous faisait porter des caisses en bois, affreusement lourdes, qu'il fallait charger de cailloux, de terre. Avec des brancards, un homme devant, un autre derrière. Il fallait porter en courant la caisse à quelques centaines de mètres. De chaque côté, il y avait des kapos et des sous-chefs, avec des gourdins. Ils nous tapaient dessus. Si l'on renversait la caisse, on prenait des coups; si on faisait tout comme il fallait, on prenait des coups aussi. Le lendemain, on

---

1. Les kapos étaient généralement recrutés parmi les prisonniers de droit commun. Leur violence était la garantie de leur survie. Ils exécutaient les sales besognes et détournaient sur eux, plus peut-être que sur les SS, les rancœurs des détenus.

rapportait la terre où on l'avait prise. On nous tapait dessus pour nous faire courir plus vite. Il n'y avait aucun esprit de rendement, d'efficacité. Parfois, on creusait un trou puis on le rebouchait, et on recommençait… Tout ça sous le soleil, avec une grêle de coups qui tombaient de partout, avec des hurlements dans une langue que je ne comprenais pas, avec des chaussures aux pieds qui nous faisaient trébucher et tomber. La seule nécessité de ce travail était de nous épuiser et de nous faire crever un peu plus vite. Dès les premiers jours, il en est mort des quantités. C'étaient des journées qui n'en finissaient pas. On avait sur tout le corps des plaies infectées, surtout aux pieds. La hantise, c'était de laisser voir que l'on était malade, parce qu'on nous envoyait alors à l'hôpital et on disparaissait.

Le 15 août 1942 fut adopté le second plan d'agrandissement du camp de Birkenau, qui prévoyait la construction d'un camp susceptible d'accueillir deux cent mille prisonniers ainsi que l'installation d'équipements pour l'extermination, à savoir quatre structures intégrées de gazage et d'incinération. Les SS avaient créé une école du bâtiment, la Maurerschule, où ils avaient l'ambition de faire apprendre par des adultes le métier à des jeunes. Selon les époques, de deux cent cinquante à huit cents apprentis y ont été formés. Nous avons même appris à dresser des plans sur des cahiers de dessin que l'on nous avait remis. C'était un mouvement perpétuel d'élèves : il en arrivait et en repartait chaque jour. Mon camarade, Charles Papiernik, un peu plus âgé que moi, et surtout politisé – il appartenait à une famille de bundistes –, a fait, dès son retour, le récit de sa déportation dans le journal des Jeunesses socialistes juives, *Le Réveil des jeunes*. Il s'y interrogeait sur le sens d'une telle structure, et je fais mienne ses interrogations : «*Mais pourquoi cette école, quel peut bien être leur intérêt à donner à des jeunes Juifs une formation professionnelle ? Est-ce dans un simple but de propagande, est-ce pour montrer au monde que les Allemands ne sont pas des assassins ; que, s'ils ont déporté ces quelques milliers de Juifs, ils n'abandonnent pas les jeunes sans les pourvoir d'un métier ? Mais alors, pourquoi le bâtiment, et non la mécanique, ou l'électricité, ou tout autre métier ? Ont-ils besoin de bâtisseurs, eux dont le seul désir, dont l'unique souci semble être la destruction[1] ?*»

En 1942, près de huit mille déportés travaillaient à l'extension du camp[2]. Les déportés savaient exactement ce qu'ils construisaient. À l'intérieur du camp, il n'y avait pas de mystères. Le matin, à l'appel des Kommandos, les

1. Charles Papiernik, *Une école du bâtiment à Auschwitz*, 1993, p. 24, Éditions Caractères.
2. *Ibid.*

kapos criaient pour rassembler les déportés affectés à leur commando « Kommando Krematorium II, ou Krematorium III[1] ». La construction des nouvelles chambres à gaz est achevée au printemps 1943. Le 22 mars 1943, le Krematorium IV est en état de marche, le II le sera le 31 mars, le V le 4 avril[2], et enfin, le III est livré le 25 juin. Le Kommando de maçonnerie est celui dans lequel je suis resté le plus longtemps. J'étais un « maçon » qui a surtout transporté des sacs de ciment, du sable en brouette, déchargé des wagons de briques à longueur de journée. On terminait les mains en sang. Il n'y avait pas de régime de faveur pour les adolescents. Il ne faut pas croire qu'être un adolescent à Auschwitz ou Birkenau était un atout. On nous a enseigné la maçonnerie dans l'intention de nous faire construire le camp, c'est du moins ce que nous pensions.

Le règlement d'Auschwitz-Birkenau organisait la journée de travail. En théorie, elle devait durer onze heures, de 6 heures à 17 heures, mais cela variait selon l'appartenance des déportés à tel ou tel Kommando,

1. La construction des caves des crématoires II et III débuta le 10 août 1942. *1942. Convoi n° 8, op. cit.*, p. 237.
2. Franciszek Piper, « L'extermination massive des Juifs dans les chambres à gaz », in *Auschwitz, camp de concentration et d'extermination*, Musée d'Auschwitz-Birkenau, 1998, p. 184.

Vue du camp de Birkenau.

notamment pour ceux qui travaillaient à l'extérieur du camp. En effet, le temps de marche – parfois de plusieurs kilomètres pour se rendre sur le chantier – n'était pas comptabilisé dans ces onze heures[1].

Une journée de travail au terme de laquelle on compte les morts. Le soir, certains Kommandos revenaient avec dix, quinze morts, que les autres camarades, exténués,

1. Tadeusz Iwaszko, « La vie des détenus », in *Auschwitz, camp de concentration et d'extermination, op. cit.*, p. 86.

91

devaient porter sur leur dos. Un orchestre jouait à la porte du camp pour nous imposer la cadence de la marche. C'était l'enfer de l'enfer. Un enfer dans lequel les morts se comptaient par centaines. Des morts, il y en avait partout…

Périodiquement, des SS arrivaient dans le camp, accompagnés de kapos. Ils choisissaient des détenus et on partait pour une destination inconnue. Deux mois après mon arrivée, j'ai été envoyé à Auschwitz I à trois kilomètres de Birkenau. C'est à ce moment-là que j'ai été séparé de mon frère. Je ne l'ai plus jamais revu. Je suis resté un an à Auschwitz I. Et puis un jour, j'ai fait partie d'un groupe envoyé à Birkenau. J'ai eu du mal à reconnaître le camp. Celui où j'étais arrivé en 1942 était devenu le camp des femmes. Birkenau était à présent un camp immense[1].

J'ai vécu trois ans dans les pires souffrances. J'ai vu des gens mourir sous les coups, le crâne fracassé ; j'ai vu des gens pendus, étranglés, des gens mourir de faim. Très vite, on a commencé à crever de faim. Je me suis

---

1. La construction de Birkenau se poursuivit pratiquement durant toute la durée de fonctionnement du camp. Trois cents baraques sur les six cents prévues dans le plan d'agrandissement furent édifiées. Franciszek Piper, « Le travail des détenus », in *Auschwitz, camp de concentration et d'extermination, op. cit.*, p. 114.

mis à avoir faim. La faim de quelqu'un qui mange peu pendant des semaines, c'est une faim qui l'envahit tout entier. On n'a pas d'autres pensées, on ne pense qu'à manger, toutes les cellules crient famine, on maigrit, on fait des efforts prodigieux, des efforts physiques, on lutte contre le chaud, contre le froid, contre les coups, contre la panique, tout cela sans se nourrir. À ce moment-là, la faim c'est quelque chose qui vous envahit. On n'est pas malheureux : on est affamés. Les gens affamés ne sont pas démoralisés, ils ne pensent plus. Non, on n'est pas malheureux, on est affamés. On n'est qu'une faim. Certains se jetaient sur la soupe, d'autres gardaient leur pain au cas où ils auraient encore plus faim. Parler de la faim à des gens qui ne l'ont pas connue, c'est parler dans une langue qu'ils ne sont pas à même de comprendre. Le désespoir, c'était pour ceux qui étaient bien nourris.

Très vite, les premiers signes d'épuisement apparaissent, le processus d'amaigrissement s'accélère. Nous recevions environ un litre de soupe à midi. Le soir, après l'appel, avait lieu la distribution de deux cent cinquante grammes de pain avec soit une rondelle de saucisson ou un peu de margarine, ou une cuillère de marmelade. On dépendait du bon vouloir du chef de baraque qui nous volait une part de notre ration de pain. Sur le lieu de travail, le kapo procédait de même pour la soupe. Elle était plus épaisse quand on arrivait au fond du tonneau, alors il gardait le fond pour lui et ses amis.

Parfois, le kapo qui distribuait la soupe s'amusait. Il appelait quelqu'un, lui disait de venir et lui donnait comme un privilège de la soupe en plus ; ou alors il demandait « qui en veut ? » et celui qui s'approchait recevait un coup. C'était un jeu sadique. Moi, je me tenais à distance, plus loin que les autres et quelquefois il m'appelait pour me donner de la soupe parce que je n'étais pas là à me bousculer. Je n'ai jamais tendu la main ou demandé ; je n'ai jamais su le faire par peur ou parce que j'avais conservé un reste de dignité.

Le souvenir de cette faim m'a hanté des années après la libération. Au lycée Saint-Louis en 1946 ou 1947, alors que, pendant un cours de maths, la faim commençait à me tenailler, je suis retourné en pensée à Birkenau et j'ai écrit ce court poème :

> *Lorsque mes boyaux crient*
> *Je cesse de penser*
> *J'oublie les crématoires*
> *Et leurs noires cheminées*
> *J'oublie les barbelés*
> *Je vais le ventre vide*
> *Et la faim me libère*

Lorsque mes boyaux crient
Je cesse de penser

Le manque de nourriture provoquait très vite le processus de «muselmanisation», une mort qui arrive par étapes rapides: «*le détenu surmené, sous-alimenté, insuffisamment protégé du froid maigrit progressivement. L'individu consomme ses réserves de graisse, ses muscles, il se décalcifie. L'état de "Muselman" est caractérisé par l'intensité de la fonte musculaire; il n'y a littéralement plus que la peau sur les os. On voit saillir tout le squelette et, en particulier, les vertèbres, les côtes et la ceinture pelvienne… cette déchéance physique s'accompagne d'une déchéance intellectuelle et morale[1].*»

Il est très souvent question du froid lorsqu'on évoque Auschwitz et la Haute-Silésie en général. Son climat continental m'amène à parler de la chaleur insupportable des étés. Travailler sous le soleil toute la journée avec interdiction de se mettre à l'ombre, effectuer des travaux épuisants, porter des charges au pas de course sans interruption, sans repos en dehors de l'arrêt pour la distribution de la soupe à midi, le tout sans pouvoir se désaltérer… Nous étions assoiffés, déshydratés. Il y

---

1. Cité par Léon Poliakov, in *Auschwitz, camp de concentration et d'extermination, op. cit.*, p. 102.

avait des épidémies de dysenterie : la dysenterie, c'est difficile à expliquer. Il nous fallait être propre, il fallait passer inaperçu… Quand on avait des diarrhées il fallait courir aux toilettes et on n'avait pas le droit. C'était épouvantable. Et dès que l'on sentait mauvais, tout le monde avait envie de nous taper dessus. C'était infernal, c'était insupportable. Et il fallait se laver, laver les pantalons que l'on avait souillés.

Et il y avait les plaies, surtout aux pieds. Même une petite plaie pouvait entraîner la mort. Si elle s'infectait, nous étions dans un état de moindre résistance et cela ne guérissait pas. Surtout, il ne fallait pas laisser voir que l'on était malade. La maladie, la faim, la détérioration physique et quelquefois psychique étaient autant d'ennemis supplémentaires qu'il fallait savoir dissimuler. Il fallait éviter le Revier (l'infirmerie) cette « antichambre de la mort ». C'était une obsession permanente.

Il est difficile de se faire une idée de ce que fut la vie à Auschwitz-Birkenau sans évoquer les poux et le typhus qui en est la conséquence. Bien que tondus, sans poils ni cheveux, nous étions dévorés par les poux. Nous en avions partout, et en quantité inimaginable. Les séances d'épouillage se faisaient souvent sur le lieu de travail à l'heure de la soupe et sur ordre des kapos. Nous ôtions nos chemises et les poux étaient abandonnés par centaines sur le sol. Nous ne prenions même pas la peine de les tuer. On grattait la couture avec nos ongles pour les faire tomber. Les démangeaisons nous incommodaient en permanence, il était difficile de savoir si elles provenaient des poux ou de la gale, elle aussi très répandue et contagieuse.

Les démangeaisons n'étaient pas, hélas, le principal inconvénient des poux, qui furent à Auschwitz-Birkenau le vecteur du typhus. Les épidémies de typhus dans de telles conditions d'épuisement, de malnutrition, de stress permanent et de faible résistance firent des ravages. Une fièvre maximale, un état d'hébétude, de prostration transformaient en très peu de temps les plus robustes en «Muselmaner». Sans l'aide de la solidarité des proches, des camarades, c'était la mort à brève échéance. Le typhus a tué par dizaines de milliers, il a décimé des convois de nouveaux arrivants en quelques semaines, en particulier pendant l'été 1942 à Birkenau.

Nous, les Juifs déportés de France, sommes morts à 97 %. J'ignore comment est mort mon père. J'ai su, en 1943, par un ami, Jacques Klinger, dont je parlerai plus tard et qui travaillait dans le bureau central, qu'il est mort un mois et demi après notre arrivée en septembre 1942 et que mon frère, lui, est mort en novembre 1942. En ce qui concerne ma sœur Denise, je n'ai jamais rencontré une femme qui l'ait connue dans le camp. Je ne sais ni quand ni comment elle a disparu.

À Auschwitz-Birkenau, on ne survivait pas si l'on était seul, isolé. Il était vital de rester au sein d'un groupe qui parlait notre langue. Au travail, en Kommando, dans le block, on s'efforçait de rester proches les uns des autres. Pour pouvoir se parler, communiquer, se réconforter, se confier, s'entraider, se soutenir à tour de rôle. Dans le camp, les amis étaient notre dernière famille. Pour beaucoup d'entre nous, les liens ont persisté après notre retour et ont duré. Ils durent encore pour ceux qui survivent à ce jour.

Les pendaisons, c'était un rituel. En particulier quand il y avait des évadés et qu'on les rattrapait. On nous rassemblait sur la place d'appel et on les pendait devant tout le monde. J'ai le souvenir que l'on accrochait au-dessus des potences une banderole sur laquelle il était écrit, en allemand : « *Hurra wir sind wieder da* » « Hourra nous sommes de retour ». Quand on les ramenait morts, à l'époque terrible de juillet, août, septembre 1942, on les étendait sur un plan incliné, les tripes à l'air, dans une mise en scène très dramatique et toujours avec le même slogan. Et puis des discours : « Voilà ce qui arrive à tous ceux qui tentent de s'évader », etc. Pendant près de deux ans et demi passés à Auschwitz et à Birkenau,

je n'ai jamais eu d'informations concernant des éva-
sions réussies.

Je l'ai dit : nous étions la proie des tueurs. On pouvait
tuer à coups de gourdin sur la gorge, sur la tête ; ils
faisaient ça à la main. Ils tapaient sur des gens sans
défense, sur des gens couverts de plaies, sur des gens
qui avaient le typhus, qui avaient la dysenterie. On
mourait à un rythme extrêmement rapide ; on mourait
de façon artisanale.

Quand je suis arrivé à Auschwitz, je me suis retrouvé
au block 7 où la Maurerschule (école de maçonnerie)
continuait. On a passé des nuits de délire là-bas… On
avait affaire à un chef de baraque qui était un droit-
commun, un fou furieux, une brute redoutable. La
nuit, quand on se levait pour aller aux toilettes, il y
avait tout un rituel à respecter, alors que l'on était
tous plus ou moins affaiblis, plus ou moins malades. Il
fallait prendre ses chaussures à la main, avancer nu-pieds
jusqu'à un certain endroit. Après, il fallait se chausser
pour entrer aux toilettes, puis se déchausser en sortant.
Tout un rituel compliqué. Il nous guettait, et à la moindre
erreur, il nous attrapait et c'était le début d'un véritable cauchemar. Il nous faisait monter au grenier où
il y avait des fenêtres ouvertes, en plein hiver, et un sol
en ciment. Il nous faisait mettre nus et nous arrosait

Vue du camp d'Auschwitz.

de seaux d'eau glacée. Il nous passait à tabac et nous
faisait faire toute la nuit de la gymnastique, c'est-à-
dire des pompes, ou sauter genoux fléchis bras tendus.
Lorsqu'on tombait, les coups redoublaient. Tout cela
nus, grelottant de froid, arrosés d'eau glacée par des
températures au-dessous de zéro. Et le lendemain, on

partait au travail épuisés, on vivait dans la terreur. Le tueur était un Allemand triangle vert (c'est-à-dire un droit commun) nommé Alfred Olszewsky, chef du block[1]. Très vite, ce block 7 a acquis une triste réputation. Il fut surnommé par les déportés d'Auschwitz le block punitif[2].

Ces traitements avaient un effet déplorable sur nous, les jeunes de l'école. En une semaine, quatre-vingts personnes furent ainsi traitées. Elles finirent leurs jours à «l'infirmerie». De ceux qui ont subi cette torture, deux seulement ont survécu : le matricule 43 602 et le 51 055

1. « C'est par une nuit glacée de janvier-février 1943, un hiver froid et particulièrement rigoureux. Notre chef de bloc ne peut pas dormir. Il cherche certainement les meilleurs moyens et méthodes d'éducation de la jeunesse. Et il trouve son invention machiavélique. Vers onze heures ou minuit, il se postait sur les marches et malheur à celui qui vers cette heure-là descendait aux WC ; une quinzaine d'hommes, par nuit, se faisait ainsi attraper. Ils étaient menés dans une pièce du second étage, immense, glaciale, inhabitée, sans carreaux aux fenêtres, les portes grandes ouvertes et là, dans le froid sinistre de la nuit, tremblants de peur, ces pauvres hommes devaient faire une épuisante gymnastique, jusqu'au moment où les valets de chambre de cet homme cruel amenaient les seaux d'eau glacée. Alors, aidé de son ami et remplaçant Berger Jurek, qui, en cruauté et en sadisme, le surpassait de beaucoup, il arrosait ses victimes. Ils semblaient en éprouver une joie inégalable puisque ce jeu durait environ dix minutes. Chacun des déportés recevait ainsi cinq à six seaux d'eau. Puis, à genoux, ils restaient dans cette position jusque vers quatre heures du matin. Et la séance se terminait généralement par quinze à vingt-cinq coups de trique», Charles Papiernik, Une école du bâtiment, op. cit., p. 55.

2. Ibid., p. 55.

(c'est-à-dire le mien)[1]. Notre existence ne tenait qu'à la fantaisie des kapos et des chefs de block qui décidèrent, par exemple, de fêter à leur façon Noël 1942[2] : La nuit de Noël 1942 et le jour de l'an 1943, on nous a fait lever, nous mettre torse nu, et enfiler notre veste à l'envers dans la neige et le froid. Toute la nuit, nous avons transporté dans nos vestes la terre d'un endroit à l'autre. C'était une atmosphère d'affolement.

À Auschwitz I, au block 7, il y avait quelques jeunes Tziganes, c'était une exception. Une poignée d'adolescents arrachés à leur famille par les SS. Ils apprenaient avec nous la maçonnerie et ont participé à la réalisation de nouveaux bâtiments en brique et en béton sous la direction de quelques rares civils professionnels, des *Maurermeister*.

Comme nous les Juifs, ils furent battus et affamés.

Comme nous les Juifs, ils étaient pour les SS la lie de la terre, des sous-hommes, indignes de vivre.

Comme nous les Juifs, les premiers mots qu'ils apprirent dans la langue de Goethe et de Schiller, ce furent des injures et des grossièretés.

---

1. *Ibid.*, p. 55.
2. « *Cette période est la plus triste dans l'histoire de l'École du bâtiment. Ces deux bandits nous rendaient la vie insupportable et l'école était, à cette époque, l'endroit où l'on torturait et tuait le plus dans tout le camp* », *Ibid.*, p. 56.

Comme nous les Juifs, ils étaient traités par leurs tortionnaires de «vils porcs» et de «chiens maudits»: « *Verfluchte Sauschweine*», « *Verfluchte Hunde*».

Quelquefois, le soir, nous évoquions nos familles entre nous. Et malgré nos efforts pour ne plus penser à ces souvenirs qui nous faisaient souffrir, nous ne pouvions nous empêcher de parler de nos parents. Et c'est probablement un des souvenirs les plus émouvants que je ne peux évoquer sans avoir les larmes aux yeux cinquante ans plus tard. Ces soirs où la nostalgie se faisait insoutenable, où dans ce block de jeunes, les adolescents regroupés par nationalités chantaient à tour de rôle l'amour perdu de leur maman. Les Grecs de Salonique chantaient en judéo-espagnol, les Slovaques en yiddish. Nous écoutions tous, bouleversés, le cœur serré. Il me semble bien que ce sont les seules larmes que j'ai vues couler à Auschwitz. Même nos bourreaux, comme touchés par la grâce, n'osaient nous interrompre.

Les appels faisaient partie du rituel quotidien et se répétaient plusieurs fois par jour. Au camp, matin et soir, devant chaque block. Dehors, en Kommando, on comptait, on recomptait sans cesse. À Auschwitz, l'hiver, il fait un froid de chien. Nous n'avions rien de chaud sur le dos, on restait des heures sans bouger. Des heures entières sous la neige ou la pluie. Des appels interminables, durant lesquels les prisonniers, alignés en rangs de dix, attendaient que les SS établissent la présence de tous les détenus. Rester ainsi des heures debout était insupportable, particulièrement quand on était malades... J'ai eu la dysenterie, et puis j'ai eu le typhus, j'avais des syncopes : je commençais à ne plus voir clair, je ne voyais plus la baraque d'en face, et hop, je m'écroulais... Dès qu'il y avait à nouveau un contrôle, qu'un SS passait pour recompter, mon frère me relevait. Il y avait des morts partout. On était tout le temps dehors, du matin jusqu'au soir. À l'appel, on alignait les morts, on alignait les vivants, et on nous comptait.

Les appels étaient une épreuve redoutable, chaque jour renouvelée, dont nous sortions épuisés, transis de froid, les pieds gelés, secoués de quintes de toux. Les hivers de Haute-Silésie furent des alliés pour les nazis. Combien de pneumonies et de tuberculoses furent contractées durant ces appels ? Combien tombèrent pour ne plus se relever ?

Je me suis interrogé bien plus tard sur les raisons de la survie, sur le pourquoi de mon retour. Il semble, quand on regarde les survivants des camps de 1942, que beaucoup parlaient allemand, quand cela n'était pas leur langue maternelle. D'autres parlaient yiddish et de ce fait comprenaient l'allemand. Être médecin pouvait aussi aider. D'autres ont eu la chance de se trouver dans un bon Kommando. À l'Amicale d'Auschwitz, ces dernières années, il y avait un groupe de déportés hommes et femmes qui avaient survécu probablement parce qu'ils travaillaient en usine. Ils crevaient de faim, c'était dur pour eux, mais ils étaient à l'abri des intempéries. Il ne fallait pas non plus avoir des caractéristiques qui vous fassent remarquer, ne pas avoir quelque chose qui attire l'attention. Quand on ne parlait pas les langues du camp, il fallait vite les apprendre.

J'ai eu la chance d'attraper le typhus et la dysenterie durant les premières semaines, alors que j'étais encore solide, que j'avais ma santé d'homme libre, que mon frère Bernard, qui était costaud, était à mes côtés. S'il n'avait pas été là, lui et d'autres camarades, pour me soutenir quand j'avais quarante degrés de fièvre, si personne n'avait veillé sur moi, j'aurais été bon pour la chambre à gaz. En trois ans, je n'ai pas passé une seule journée au Revier. Dès le début, on nous avait dit qu'il ne fallait pas y aller, que l'on ne nous y soignait pas, que c'était la dernière étape avant la chambre à gaz.

La solidarité? Une baraque, ce n'est pas un salon où l'on cause. Si on restait un certain temps, on ne connaissait que les gens qui partageaient le même châlit. Parfois, on avait des copains avec lesquels on se retrouvait dans le même Kommando, mais ça variait beaucoup. Quand on rentrait du boulot, on était crevés, on essayait de se reposer. Dans les camps, on a vu l'horreur absolue, mais sans la solidarité, il n'y aurait pas eu de survivants. J'ai connu des gens formidables, des gens qui m'ont servi de modèle, notamment un camarade médecin, Désiré Hafner, mais aussi et surtout Jacques Klinger.

La force de caractère ? Moi, j'étais un gamin craintif, j'ai toujours eu peur de la violence.

La chance ? Ce n'est pas une explication suffisante, ça n'existe pas cent fois par jour, trois cent soixante-cinq jours par an, et cela pendant trois ans.

La foi ? La foi m'a aidé, c'est vraisemblable, mais si je n'avais pas eu la foi… Je n'en sais rien. J'étais très croyant et cela m'a constamment habité. Pendant toute ma déportation, j'ai toujours prié. Quand vous prenez des coups et que vous pensez « mon Dieu, pardonnez-leur ils ne savent pas ce qu'ils font », peut-être que ça change quelque chose, que ça aide à supporter. Cela m'imposait des règles : il y a des choses que l'on fait, d'autres que l'on ne fait pas. On ne vole pas ses copains, on ne mendie pas.

L'envie de revoir ma mère m'a certainement aidé, plus que la foi, je le croirais volontiers. La dernière fois que l'on en avait parlé, mon père m'avait dit qu'il ne s'en sortirait peut être pas, car il n'était plus tout jeune. «Mais toi, avait-il ajouté, tu dois t'en sortir parce que ta mère aura besoin de toi.» Il savait que j'adorais ma mère. En me disant cela, il avait conscience qu'il me motivait, que j'allais m'accrocher.

Le camp devient vite une école de survie, on apprend, on s'adapte, on acquiert de l'expérience. Pour comprendre le fonctionnement du camp, il faut savoir qu'à l'intérieur nous étions tous des prisonniers en uniforme de bagnard (les pyjamas rayés).

Les SS étaient à l'extérieur du camp, ils avaient leurs casernes, leur cuisine, etc. Ils ne venaient que pour les appels, les sélections, les inspections. Ils avaient des contacts avec le chef de camp, et le Lagerführer officier SS, Schwarzhuber, par exemple, se rendait régulièrement au block 4 pour contrôler le fonctionnement du secrétariat central. Nos chefs, les chefs de block et les kapos (chefs de Kommandos), étaient des prisonniers comme nous, le plus souvent des Allemands déportés de droit commun ou des déportés politiques. Il y avait aussi un responsable du travail, le «Arbeitsdienst», qui avait autorité sur les Kommandos et les kapos: essentiellement des Allemands déportés de droit commun ou politiques. Chaque baraque avait son chef et ses sous-chefs. Par ailleurs, lorsque les Kommandos partaient sur des chantiers à l'extérieur, des SS, fusil sur l'épaule, les accompagnaient. Et bien sûr, il y avait des SS dans les miradors qui dominaient les clôtures en barbelés électrifiées. Tout ce préambule pour bien faire comprendre que nos bourreaux étaient des prisonniers.

À l'intérieur des camps, les sélections pour la chambre à gaz avaient lieu selon un rythme imprévisible. C'était l'épreuve la plus redoutée de l'univers concentrationnaire. J'avais quinze ans quand j'ai reçu un coup de botte qui m'a occasionné une vilaine plaie sur la face externe de la jambe gauche et qui s'est transformée en abcès suppurant. Le soir, quand je rentrais, il fallait que je décolle le pantalon de la blessure. Cette plaie m'handicapait particulièrement au moment des sélections. Un médecin SS nous faisait nous déshabiller. Nous, on bombait le torse, on essayait de se montrer à son avantage. Il nous regardait de face et de dos, et pour ceux qui étaient trop maigres, qui n'avaient plus de fesses, qui avaient des plaies ou qui avaient l'air malade, le risque était grand d'être envoyés à la chambre à gaz. Avant la sélection, je nettoyais les contours de la plaie pour la réduire à son minimum et quand on me demandait de faire demi-tour pour me voir de dos, je me tournais toujours du côté gauche pour la cacher... un demi-tour vers la gauche, pour que la plaie échappe à l'attention du médecin SS. Pour l'adolescent que j'étais, ça a été un gros problème. Par la suite, j'ai eu une espèce de mycose sur la tête et j'avais des plaques sans cheveux. J'avais comme un damier sur le crâne. Cela faisait malsain, pas propre, alors je me faisais tondre le plus ras possible pour dissimuler cette mycose. Tous les jours, c'étaient des miracles pour rester en vie. Lors du passage du médecin SS, nous nous redressions, relevant la tête sans toutefois regarder le sélectionneur. Surtout, il ne fallait pas l'indisposer. La sélection, cela signifiait être séparé de ses parents, de ses amis, de ses compatriotes. La sélection, c'était le rappel permanent que nous, les Juifs, étions là pour être exterminés.

C'est dans cette école de destruction d'humanité que j'ai côtoyé les Tziganes. À Birkenau, il y avait un camp qui leur était réservé. À la différence des autres camps que j'ai connus, les Tziganes s'y trouvaient en famille. C'était pour nous un spectacle très insolite. Nos camps réciproques n'étaient séparés que par une rangée de fils barbelés électrifiés. À ma connaissance, ils y ont vécu tout le temps de leur détention, sans sortir. Pas comme nous qui allions travailler en Kommando à l'extérieur du camp. À Birkenau, il y a eu entre vingt mille et vingt et un mille Tziganes. Il en restait environ quatre mille le 1er août 1944. Plus de huit cents tziganes furent évacués vers le camp de Buchenwald. Il s'agissait de jeunes gens « aptes au travail ». La nuit suivante, tous les autres furent « exterminés ».

Le block 4 était le siège du secrétariat central du camp. Chaque block avait un secrétaire qui tenait le compte des vivants et des morts et devait pouvoir communiquer, après les appels, les matricules de tous les occupants du block au secrétariat central. C'était également le lieu où se trouvaient les déportés ayant des fonctions importantes concernant la gouvernance du camp. Dans ce block 4, il y avait Jacques, Désiré, Simon et Karol. Jacques Klinger travaillait au secrétariat, Désiré Hafner était médecin de la baraque, Simon Gutman était le chef de la cuisine du camp et Karol Pila, le petit Karol, âgé de dix ou onze ans, était le coursier. Fin octobre 1943, lorsque Jacques Klinger vit parmi les matricules de ceux qui venaient d'être transférés d'Auschwitz 1 à Birkenau le n° 51 055, il le fit savoir à Désiré Hafner – lui aussi un 51 000, donc du même convoi que moi, c'est-à-dire déporté d'Angers le 20 juillet 1942. Désiré, qui pensait être le seul survivant du convoi, vint aussitôt au block 29 pour me rencontrer. À dater de ce jour, Désiré fut pour moi un ami, un frère pour la vie. Il me fit connaître Jacques et Simon qui allaient l'un et l'autre compter eux aussi dans ma vie, dans ma survie. Des amis pour toujours, eux aussi. Officiellement, Jacques Klinger n'avait aucun pouvoir, mais comme il avait accès aux listes des sélectionnés pour la chambre à gaz, il parvenait à en sauver un certain nombre en trafiquant les numéros des matricules après chaque sélection. Son chef, un Polonais antisémite, a néanmoins laissé à Jacques la liberté d'agir en faisant mine de ne rien savoir. Chaque fois, Jacques risquait sa vie sans rien attendre en retour. Je le considère toujours comme mon héros.

Un jour, Jacques Klinger voit arriver au secrétariat l'Arbeitsdienst, disons le «ministre du travail au camp», un haut responsable. Ivre et rigolard, ce dernier lui annonce : «Demain, tous les Juifs du camp : *kaputt.*» Il explique à Jacques, terrorisé, qu'une grande sélection est prévue pour le lendemain, mais que, bien sûr, en raison de leur vieille amitié, lui et ses amis n'ont rien à craindre. Jacques imagine aussitôt un moyen pour me permettre, à moi et à mon camarade de block Raymond Naparstek, un autre Français, d'échapper à cette sélection. Jacques savait que le Kommando Canada serait épargné puisqu'il sortirait du camp pour se rendre à son travail sur la rampe à l'arrivée des nouveaux convois. Jacques obtient de ce haut responsable les signatures autorisant notre transfert du block 29 au block 24 et, de ce fait, notre intégration, au moins provisoire, dans ce Kommando privilégié. La démarche était compliquée, il fallait intervenir auprès des chefs des blocks 29 et 24, ainsi qu'auprès du kapo du Kommando en question. Enfin, quand tout fut réglé, Jacques fit porter l'ordre de transfert au chef de notre block. Hélas, entre-temps, on nous avait enfermés. Des planches avaient été clouées en travers des portes et le transfert n'a pu avoir lieu. Nous avons donc subi cette sélection qui s'annonçait particulièrement redoutable. On nous a fait ranger en file indienne, les matricules anciens en tête. Le médecin SS a laissé passer les sept ou huit premiers et a désigné tous les autres pour la chambre à gaz. Cette fois encore, Raymond et moi sommes sortis indemnes. La sélection terminée, le transfert a eu lieu et je me suis retrouvé au block 24, au Canada, où je suis resté huit jours. Le kapo ne voulait pas de moi. Il avait accepté de rendre service, peut-être à charge de revanche. Raymond, lui, est resté au Canada où il a rejoint son frère Charles.

Entre le 14 mars et le 25 juin 1943, les quatre crématoires sont entrés en activité. Le 20 mars 1943, les premiers convois en provenance de Grèce et d'Italie ont commencé à arriver. En mai 1944 a débuté l'« Action hongroise ». J'ai vu arriver les convois, et les Hollandais. Ils sont morts comme des mouches, on avait l'impression que plus ils venaient d'un pays civilisé, plus ils étaient vulnérables. Le camp était rempli de Hollandais, et un jour, il n'y en eut plus un seul. Je me souviens des arrivées des Grecs : les Juifs de Grèce, puis les Juifs de Hongrie[1]. Aucun doute sur leur sort : on voyait fumer les crématoires. On sentait l'odeur de chair brûlée. Une certitude difficile à faire partager aux nouveaux arrivants : comment croire à l'incroyable…

Nous, les anciens, on savait tout, on savait que la plupart des déportés étaient gazés dès leur arrivée, on ne se berçait pas d'illusions. Les nouveaux ne voulaient pas nous croire. On les trouvait évidemment naïfs, un peu irritants. On ne sortirait pas de l'enfer. Je pense que l'on n'avait pas l'espoir de s'en sortir. Il n'y avait aucune raison pour cela. Notre survie était provisoire. Notre extermination était planifiée, programmée. Nous avions la certitude

1. Du 15 mai au 9 juillet 1944, cent quarante-sept convois conduisent quatre cent trente-sept mille Juifs hongrois vers Birkenau. Pour faire face à cette arrivée massive des Hongrois, la voie de chemin de fer est prolongée jusque dans l'intérieur du camp, afin de décharger les déportés au plus près des chambres à gaz. Les SS remettent également en fonctionnement le Bunker II. Les fours crématoires ne pouvant absorber la quantité de cadavres, les nazis brûlent les corps en creusant cinq fosses, servant de bûchers, à ciel ouvert. Le 30 août 1944, les effectifs des Sonderkommandos sont portés à huit cent soixante-quatorze membres. Plus du tiers des Juifs assassinés à Auschwitz ont été déportés de Hongrie.

d'être des témoins gênants. Les Allemands nous élimineraient et élimineraient toute trace de leur crime.

À Birkenau, dans les premiers temps, les morts étaient enterrés. Ensuite, les crématoires ont été construits et ordre a été donné de déterrer les cadavres et de les brûler. Un Kommando a été chargé d'effectuer cette terrifiante besogne. Le soir, lorsqu'ils rentraient au camp, ces malheureux étaient imprégnés d'une odeur pestilentielle dont ils n'arrivaient pas à se débarrasser. J'essaie d'imaginer ce que fut le calvaire de ces hommes qui, jour après jour, déterraient les cadavres en putréfaction et les transportaient pour les jeter dans le feu. Le récit m'en a été fait par mon ami le Dr Désiré Hafner. Il avait été en contact avec eux et avait recueilli leurs plaintes. Ne pas laisser de traces de leurs crimes. Se débarrasser des témoins gênants, telle était la consigne des autorités nazies.

Ainsi, tous les trois ou quatre mois, les membres du « Sonderkommando » étaient exécutés et remplacés. Travaillant dans les crématoriums, ils sortaient les morts de la chambre à gaz et les brûlaient dans les fours crématoires. Ils étaient tenus à l'écart des autres déportés, ils n'avaient aucun contact avec nous. On savait que l'élimination des témoins était une pratique du camp. Mais l'espoir que tout cela soit connu un jour alimentait notre volonté de survivre.

Quand j'ai été transféré d'Auschwitz à Birkenau en octobre 1943, j'étais déjà un ancien. Un ancien jouit souvent de quelques avantages. On n'a pas besoin de vous expliquer le travail. Vous comprenez immédiatement. Vous ne faites pas de gaffes, sinon vous seriez mort depuis longtemps. Lorsqu'il y avait une responsabilité, on prenait un ancien, pas un nouveau, parce qu'un ancien, c'était comme un professionnel. Il savait ce qu'il y avait à faire et ce qu'il fallait éviter. Quand on arrive dans le camp, on est ignorant ; on est maladroit, on ne comprend rien à rien. L'ancien, lui, connaît le langage du camp, le mode d'emploi. Le camp, c'est un apprentissage.

J'ai conservé la foi. C'était une foi solitaire, secrète, intérieure. Je ne m'en vantais pas. Et ceux qui étaient croyants et qui ont continué à croire dans le camp évitaient d'attirer l'attention sur eux. J'ai su que certains jeûnaient pour le Yom Kippour, cela m'a paru extravagant. Je priais pour que ma mère ne soit pas arrêtée et ne souffre pas. Je suis resté croyant jusqu'à la fin de ma déportation. Le fait de parvenir à survivre était un signe que Dieu me protégeait. À mon retour, j'étais croyant. Et j'ai cessé de croire. Dans mon souvenir, cela a commencé en cours de philo, en terminale.

Été 1944 : l'Armée rouge progresse et ne se trouve plus qu'à deux cents kilomètres d'Auschwitz, au moment même où le complexe concentrationnaire atteint son expansion maximale. Le 2 juillet 1944, on dénombre 92 208 détenus ; le 22 août, 105 168. Durant cet été 1944, Auschwitz réceptionne les deux derniers convois en provenance de France : le n° 77 quitte Drancy le 31 juillet, et l'autre quitte Lyon le 11 août. D'août 1944 à janvier 1945, environ 65 000 détenus furent évacués du camp et dispersés à l'intérieur du Reich[1]. Parallèlement à cette évacuation, les SS procèdent à la destruction des installations de mise à mort. Les crématoriums II et III sont dynamités le 20 janvier et le crématorium V, le 26. Le 27 janvier 1945, les troupes soviétiques pénètrent à l'intérieur du camp. Il ne reste, alors, que 7 000 détenus.

1. Dans la seconde moitié de l'année 1944, les SS tentent de détruire toutes les traces du génocide : élimination des Juifs travaillant dans les crématoires, c'est-à-dire les témoins au plus proche de l'extermination, destruction d'une partie de la documentation et des dossiers. Les fosses sont recouvertes de terre. Ce n'est qu'à la fin de 1944 que les nazis mettent fin aux travaux d'agrandissement, à l'inverse, l'extension des camps auxiliaires se poursuit pratiquement jusqu'à la libération. Le 17 janvier 1945 a lieu le dernier appel, y sont présents 67 000 déportés dont 31 800 à Auschwitz et Birkenau et 35 199 dans les camps auxiliaires attachés à Monowitz. André Strzelelecki, « L'évacuation et la libération du camp », in *Auschwitz, camp de concentration et d'extermination*, *op. cit.*, p. 294-297.

À la fin du mois d'octobre 1944, les SS ont procédé à l'évacuation d'Auschwitz-Birkenau. Dans mon souvenir, c'était le 28 octobre. On a eu l'impression qu'à l'approche des Russes tout le camp de Birkenau se vidait. Il y a eu une grande évacuation, presque tout le monde est parti, et c'est là que je me suis retrouvé avec la plupart de mes copains. On nous embarquait vers l'ouest. On nous emmenait vers l'inconnu.

Nous sommes partis en train. Je n'ai pas de souvenir précis. En revanche, je sais que tous mes camarades étaient du voyage. Nous allions vers le centre de l'Allemagne. La première étape a été le camp de Sachsenhausen, à une trentaine de kilomètres au nord de Berlin[1]. Nous y sommes

1. C'est le 12 juillet 1938 que commença la construction du complexe d'Oranienburg-Sachsenhausen. Cinquante premiers prisonniers en provenance d'Esterwegen furent employés à l'édification du camp. D'août à septembre 1938, ce sont 900 nouveaux prisonniers qui arrivèrent. Outre les baraques en bois destinées aux prisonniers, le camp comprenait des bâtiments en pierre pour les SS ainsi qu'un complexe industriel. La majorité des prisonniers était constituée d'Allemands communistes et de Juifs. Après la nuit de cristal, 1 800 Juifs vinrent grossir le contingent de prisonniers. En septembre 1939, avant la guerre, le camp comptait 8 384 prisonniers, en novembre de la même année le camp atteignait une population de 11 311 prisonniers. Le camp fut ouvert le 23 septembre 1939. Il comptera plus de 200 000 détenus. En avril 1940 fut construit le premier crématoire ; avant cette date, les morts étaient incinérés à Berlin, à 35 kilomètres du camp.

Plus d'une soixantaine de Kommandos extérieurs dépendaient du camp central. Dans ces camps externes, les prisonniers étaient employés à des travaux forcés, en particulier dans l'industrie de l'armement :

restés huit à dix jours[1]. De là, on nous a répartis dans différents camps. On nous a envoyés, moi et beaucoup d'autres, à Oranienburg, un camp voisin de Sachsenhausen. Nous

---

Siemens, Demag-Panzer, Daimler-Benz, IG-Farben. L'usine de briques devait servir à la construction de la capitale du Reich, «Germania», dont Albert Speer fut l'architecte.

Dans le camp central, les blocks 18 et 19 furent les lieux de l'*opération Bernhard* et abritaient les imprimeries de fausse monnaie. Peu après l'invasion de la Russie, des milliers de prisonniers soviétiques furent transférés à Sachsenhausen. Le 31 janvier, commencèrent les travaux de la « Station Z » destinée à l'extermination des prisonniers. La construction s'acheva fin mai 1942. En mars 1943, une chambre à gaz fut ajoutée à la « Station Z », elle fonctionna jusqu'à la fin de la guerre.

Les 20 et 21 avril 1945 le camp fut évacué, 33 000 détenus le quittèrent à pied. Les Soviétiques arrivèrent le 22 avril 1945 après le départ des SS. On estime que plus de 84 000 détenus périrent dans ce complexe concentrationnaire.

Le camp de Sachsenhausen occupait un rôle particulier dans le dispositif nazi. En effet, un fort contingent SS y était stationné. Le camp servait de centre de formation pour les commandements des camps de concentration. Rudolf Hoess, commandant d'Auschwitz, passa par Sachsenhausen.

1. «*Auschwitz était le camp de la mort brutale, rapide et massive. Sachsenhausen est le camp de la mort lente. Ici, il y a trente mille cadavres qui circulent dans le camp. Le tableau est épouvantable. Un pénible malaise nous saisit à cette vue. Les gens ici meurent un petit peu chaque jour. Les visages sont creusés, hâves. Ces hommes tiennent à peine debout. Si, à Auschwitz, en 1944, on battait moins qu'au début, ici c'est encore le régime des coups qui règle la vie du camp. Si l'on veut essayer de voler un morceau d'épluchure de rutabaga, on risque la peine de mort par pendaison. Près de notre bloc se trouvait le bloc 35 réservé aux soi-disant terroristes. Tous étaient condamnés à mort. Ils avaient un T marqué au fer rouge. C'était un spectacle affreux de les voir faire des exercices toute la journée battus par les SS*», Charles Papiernik, *Une école du bâtiment, op. cit.*, p. 128.

logions dans de grands hangars dans lesquels on fabriquait les avions Heinkel. Il s'agissait d'un camp-usine, entouré de barbelés électrifiés. Au bout de dix à quinze jours, on nous a expédiés au camp qui dépendait de Buchenwald en Thuringe et qui s'appelait Ohrdruf. Dans la nomenclature des camps de Buchenwald, c'était le S3. Il était situé à une quinzaine de kilomètres de Gotha et à soixante kilomètres au sud-est de Buchenwald. Ce camp sera pour moi le dernier.

Après vingt-huit mois passés à Auschwitz-Birkenau, l'arrivée dans ce nouveau camp signifiait un espoir. Là-bas, il n'y avait plus ni sélection ni chambre à gaz. Certes, il y avait bien un crématoire à Buchenwald, mais c'était pour brûler les cadavres. Il n'existait pas de chambre à gaz.

Je suis resté quatre mois et demi à Ohrdruf. Les premiers jours ont été difficiles. Le matin, on nous chargeait sur des plates-formes de camions. On était debout, entassés, on se cramponnait les uns aux autres dans les virages, j'avais une peur folle de tomber. Les camions étaient suivis par des voitures dans lesquelles se trouvaient des soldats armés prêts à nous tirer dessus. J'ai gardé une peur panique de ces voyages où il n'y avait rien à quoi se raccrocher.

On nous a fait travailler sur les routes, à transporter

des cailloux, on nous a battus sans raison particulière. C'était comme un retour aux premiers temps de Birkenau, en 1942. Au bout de quelques jours, je me suis dit que je ne tiendrais pas le coup. Il fallait que je tente quelque chose, cela ne pouvait pas durer. Sitôt après l'appel du matin, j'ai commencé à me cacher dans le camp en allant, par exemple, dans les WC au moment des rassemblements pour le départ des Kommandos. Je n'étais pas le seul à le faire. Ne pas partir en Kommando, c'était se condamner à ne pas manger de la journée, puisque la soupe était distribuée à la pause de midi sur le lieu de travail. Quand le camp était vide, moi, je restais caché. Seuls les plus mal en point, ceux qui pensaient ne pas être capables de survivre un jour de plus au travail, avaient fait le même choix que moi. De toute façon, il n'y avait pas de bon choix. Au bout d'un certain temps, je sortais de ma cachette. Quelques détenus avaient des fonctions à l'intérieur du camp. Certains travaillaient à l'entretien des baraques, d'autres aux cuisines. Nous étions à la recherche de nourriture. Parfois, un chef d'équipe recherchait des volontaires pour une corvée. Nous tentions alors notre chance, dans l'espoir d'avoir une soupe.

Un jour, j'ai eu la chance d'être choisi avec un groupe de cinq ou six pour une corvée de viande, toujours dans l'espoir de trouver un peu de nourriture. En fait de « corvée de viande », on nous a fait charger des cadavres sur un camion pour les convoyer à Buchenwald où il y avait un crématoire alors qu'Ohrdruf en était dépourvu. C'est comme cela que j'ai aperçu le camp de Buchenwald.

Il y a eu une autre corvée de viande, une vrai celle-là. À cette occasion, j'avais fait la connaissance d'un prisonnier de guerre français, Louis Beuvin, qui travaillait chez un boucher allemand. Avec d'autres, j'avais été désigné pour aller chercher dans la boucherie du ravitaillement pour la cuisine du camp SS. Tandis que nous nous affairions autour de la camionnette, ce prisonnier de guerre faisait le tour du groupe de déportés en chuchotant: «Y a-t-il des Français?» Je me suis alors signalé et il m'a entraîné à l'intérieur, à l'abri des regards. Il m'a dit de tenir bon, qu'il n'y en avait plus pour longtemps et que si je réussissais à m'échapper, on me cacherait dans la boucherie jusqu'à l'arrivée des Américains. «Walter Groll, mon patron, avait-il ajouté, est un Allemand antinazi, tu peux lui faire confiance.»

La chance a fini par me sourire. Un SS est venu dans le camp recruter de la main-d'œuvre, nous étions une vingtaine au garde-à-vous. Passé l'inspection, il m'a choisi, moi et Henry Ehrenberg, un Juif polonais âgé de vingt-sept ans, qui venait lui aussi d'Auschwitz. Apparemment,

nous lui inspirions confiance. Nous parlions et comprenions bien l'allemand, nous avions l'air honnête et
propre. Il nous a conduits hors du camp. C'était pour
un travail à la cantine des SS. Il fallait faire le ménage,
mettre les fûts de bière en pression, servir la bière. Cette
cantine SS nous est apparue comme la planque la
plus extraordinaire qui soit. Une chance, un bonheur
incroyables. Nous avons réfléchi sur le moyen de faire le
même travail le lendemain et les jours suivants. Comment
conserver ce privilège ?

Nous avons alors tenté de faire comprendre à ce
SS que l'on ne nous autoriserait pas à revenir le lendemain. Dans le camp, ceux qui commandaient savaient
qu'il s'agissait d'une place convoitée. Ils allaient donc
essayer d'y placer leurs copains, et comme le « ministre
du travail » de ce camp était un Russe, ce travail revien-
drait à deux de ses compatriotes. Nous avons usé de
toute la diplomatie possible pour faire savoir au SS à
quel point il perdrait au change avec des Russes. Nous
étions contents de faire ce travail, on comprenait bien
ce qu'il nous demandait, nous étions des êtres civilisés,
nous étions propres et placions l'hygiène au-dessus
de tout. Nous avons fait vibrer la corde sensible. Allait-
il retrouver ces mêmes qualités chez des Russes dont
la réputation laissait à désirer ? Le SS a été convaincu et

nous a annoncé: «Je veux que ce soit vous.» Il a pris nos numéros, celui de notre baraque. Les jours suivants, nous avons pu retrouver ce travail et, pour la première fois, manger à notre faim, rapporter de la nourriture à l'intérieur du camp et la distribuer aux copains. Pour la première fois aussi, nous étions à l'abri des coups, des travaux épuisants, des intempéries, des appels interminables.

Cette cantine était située dans une baraque SS qui se trouvait à proximité de notre camp. Une baraque semblable à toutes les autres, en bois préfabriqué. Elle était partagée en son milieu par un couloir. À gauche la cuisine, à droite la cantine. Cette dernière était aménagée comme une salle de restaurant avec des tables et des chaises et, dans le fond, un comptoir où nous servions la bière à la pression. Les soldats prenaient leur soupe côté cuisine et venaient s'asseoir à la cantine, où ils se faisaient servir un bock de bière. Les premiers temps, je me souviens que nous récupérions les restes de soupe dans leurs gamelles et que nous n'en laissions pas une goutte. Je me revois passant l'index sur le bord des gamelles et me léchant le doigt. Mais bientôt, une complicité avec les déportés travaillant à la cuisine nous permettra d'avoir de la soupe à volonté tous les jours. Notre gardien venait nous chercher au camp le matin et nous ramenait le soir. Nous étions contrôlés, entrées et sorties étaient notées scrupuleusement. Lorsqu'on me demandait ce que contenait le pichet que je tenais à la main, je répondais que c'étaient les restes de soupe des gamelles abandonnées à la cantine. Cela ne posait pas de problèmes puisque nous étions sous la responsabilité du chef qui nous accompagnait.

Dans la cantine, nous ne vivions plus dans la crainte, ni sous les coups et les constantes menaces des kapos et des chefs d'équipe. À l'intérieur de la baraque et de la cantine, nous jouissions d'une relative liberté. Les tonneaux de bière étaient déposés dans la cave. Nous avions la charge de les mettre en perce. Dans cette cave, il y avait une paroi qui séparait l'espace en deux parties. La paroi était faite de lattes espacées de quelques centimètres. À l'intérieur, on voyait un grand coffre. Seul dans la cave, je réussissais à glisser mon bras entre les lattes. Je soulevais le couvercle, suffisamment pour y passer la main, et j'en sortais un petit paquet. Il s'agissait de cigarettes, un paquet de cent. La caisse en était pleine. On les appelait des cigarettes russes, elles étaient dotées d'un long filtre. Dans ce camp où, dans mon souvenir, personne ne recevait de colis, les cigarettes représentaient une monnaie d'échange très appréciée. À plusieurs reprises, j'ai pris le risque d'en amener au camp. Le soir, dans mon block, des camarades français, des anciens de Birkenau eux aussi, se régalaient de la soupe SS. Un camarade plus âgé, Adolf Bekas, qui prenait soin de moi comme un grand frère, vérifiait mes vêtements, recousait un bouton, etc. Avant d'aller me coucher, je le chargeais de répartir entre mes amis les plus proches ce que j'avais «organisé». Pour les cigarettes : «Tu en donneras cinq à Maurice, dix à Jacques, dix à Désiré.» Ces cigarettes ne servaient pas seulement de monnaie d'échange pour de la nourriture, mais aussi pour s'attirer les bonnes grâces d'un kapo afin d'éviter les coups et les travaux les plus pénibles. Mon ami Jacques Altmann, à qui j'avais apporté un paquet de cent cigarettes, un véritable trésor, m'a dit récemment que cela lui avait sauvé la vie. Un kapo russe dont il était le souffre-douleur avait cessé de le tourmenter. Adolf Bekas, tout comme Jacques Altmann, sont restés des amis très proches.

Dans la cantine, il y avait un poste de radio, objet de tous nos soins. Quand nous étions seuls, l'oreille collée sur le poste, faisant semblant de le nettoyer, nous écoutions les informations. Nous savions que les Américains n'étaient plus très loin, les survols des avions alliés étaient de plus en plus fréquents. L'inquiétude gagnait nos gardiens et leur nervosité grandissaient à vue d'œil. Tandis que nous reprenions des forces et que nous nous refaisions une santé à l'abri des intempéries, nous commencions à envisager une possible évasion.

Au début de l'année 1945, les soldats qui nous gardaient à la cantine n'étaient plus des vrais SS. Ils n'avaient pas été endoctrinés dans les Jeunesses hitlériennes et n'avaient pas été volontaires pour la SS, ils avaient été recrutés pour remplacer les vrais SS envoyés au front. Aucun d'eux n'a jamais été violent envers nous.

On savait que les Allemands reculaient et que les Américains avançaient. On savait approximativement à quelle distance ils se trouvaient du camp, et les bombardements devenaient de plus en plus fréquents. Lors de ces bombardements, on constatait la panique des Allemands. On se disait que l'on évacuerait le camp dans les pires conditions, à pied vraisemblablement. On voyait déjà la hargne des Allemands tirant sur nous. On avait une vision apocalyptique de ce que serait l'évacuation du camp.

Dès que nous avons su que le camp allait être évacué, mon compagnon de travail et moi avons décidé de tenter le tout pour le tout. On savait que lors des évacuations, il y avait beaucoup de morts et qu'il était difficile de survivre parce que les SS étaient exaspérés, agacés, fatigués. Eux aussi faisaient les marches à pied. Ils tiraient sur tous ceux qui retardaient leur fuite. Et on savait qu'il existait un risque de se faire bombarder ou mitrailler par les avions alliés. On s'était dit: quitte à mourir, tentons notre chance.

Dans la cantine SS où nous travaillions tous les deux, nous étions parvenus à créer un climat de confiance avec nos gardiens, des SS de fraîche date dont les comportements à notre égard n'étaient pas ceux des nazis. De nationalité hongroise, le dernier, coiffeur dans le civil, songeait davantage à sauver sa peau et à retrouver sa famille qu'à défendre le grand Reich.

Nous avons longuement discuté de notre évasion. Ehrenberg avait déjà mis de côté de l'essence à briquet et du poivre. Il nous faudrait en répandre sur nos vêtements, lorsque nous nous cacherions, pour tromper le flair des chiens. Il nous faudrait gagner de nuit la ville d'Ohrdruf, en bas de la colline, à trois kilomètres du camp. Nous avons promis à notre gardien de plaider en sa faveur s'il nous aidait à nous évader. Il a accepté. L'évacuation avait été annoncée pour le lendemain matin. Nous avons décidé de nous évader dès la nuit tombée. Il nous fallait éviter à tout prix de nous retrouver sur les routes, marchant jour et nuit, exposés à tous les risques. Vu d'avion, il était impossible de faire la différence entre les déportés et les colonnes de soldats allemands. Ehrenberg, en homme réfléchi, s'efforçait d'envisager toutes les hypothèses. Si nous étions découverts avant d'avoir pu fuir, nous dirions que nous avions reçu par téléphone l'ordre des autorités qui géraient toutes les cantines SS de nous tenir prêts à leur remettre le précieux matériel servant à mettre en perce les fûts de bière. Les petits tonneaux étaient dans la cave et la bière sous pression arrivait au rez-de-chaussée du bar de la cantine. Nous aurions donc chacun une caisse avec des tuyaux qui dépassaient, et dont nous ne nous séparerions plus. Ce qui nous donnerait une contenance en cas de contrôle. Dans la pagaille de l'évacuation, personne n'irait vérifier la véracité de nos dires.

Notre travail à la cantine se terminait tard le soir. C'était pour nous un grand privilège, puisque nous rentrions au camp tous les jours après l'appel du soir, le plus pénible, celui qui nous obligeait à rester debout, parfois pendant des heures. Autre avantage : personne ne s'inquiétait de l'heure tardive de notre retour. Nous étions convenus avec notre chef que nous prendrions la route chacun une caisse sous le bras, lui en uniforme SS, son fusil sur l'épaule. Malheureusement, rien ne s'est passé comme prévu. Avant de quitter le camp, notre chef est sorti inspecter les environs pour s'assurer que la voie était libre. Au retour, il nous a annoncé qu'il était impossible de partir. Le chef SS du camp, pour éviter la désertion des soldats allemands qui gardaient le camp, avait disposé des SS ukrainiens tout autour. Morts de peur, nous nous sommes réfugiés dans la cave en espérant que l'on nous oublierait. Nous savions que si nous étions repris, la sanction était la mort. Je me suis recroquevillé dans un coin, les genoux contre la poitrine. J'avais mal au ventre, j'imaginais le pire, je ne pouvais plus respirer. Le lendemain matin, par un soupirail qui donnait sur la route, nous avons vu passer les déportés qui, par centaines, quittaient le camp à pied.

Tout à coup, un vacarme au-dessus de nos têtes. Schtivitz, le chef du camp, un vrai SS celui-là, s'était aperçu que nous n'étions pas rentrés la veille. Furieux, il était lui-même venu nous chercher. Fou de colère, il nous a fait sortir de la cave en nous frappant. Il nous a dit qu'il allait nous ramener à l'entrée du camp et nous tuer. Une dernière centaine, en rangs par cinq, y attendait l'ordre de départ. À ce moment, une voiture militaire avec des officiers est arrivée. Schtivitz les a salués, et, penché vers la voiture, s'est entretenu avec ses supérieurs venus sans doute s'informer de la bonne marche de l'évacuation. Soudain, la centaine s'est mise en route. Nous nous sommes glissés à l'intérieur de la colonne et avons marché avec les autres en restant toutefois sur le côté. Très vite, nous sommes arrivés à la hauteur de la première baraque du camp SS, celle de la cantine où nous travaillions. Notre chef se tenait debout devant la porte. Ehrenberg et moi avons quitté la centaine en marchant au pas comme si de rien n'était, sans courir. Nous avons croisé des soldats qui rejoignaient précipitamment le groupe. Avec nos caisses, nous avions tellement peu l'air de nous sauver qu'un copain m'a crié : « Henri, où tu vas ? » Quand nous sommes arrivés à la baraque, le SS hongrois, notre chef, s'est écarté pour nous laisser passer et, une fois à l'abri des regards, affolés, nous avons cherché où nous cacher. L'idée m'est venue qu'en grimpant sur le placard on pourrait décoller une planche du plafond et dégager un espace suffisant pour nous glisser entre ce plafond et le toit de la baraque en bois préfabriqué.

Nous avons attendu dans cette cachette sans bouger, guettant tous les bruits du dehors. Nous avons entendu une fusillade, puis le silence. Dans le plus grand calme, notre chef est venu nous dire que nous pouvions sortir, qu'il n'y avait plus âme qui vive. La nuit du 3 avril 1945, nous nous sommes risqués sur la route, toujours nos caisses sous le bras, au cas où… Notre chef marchant derrière nous, nous sommes arrivés en ville sans rencontrer le moindre passant. À Ohrdruf, tous les habitants semblaient s'être réfugiés dans les abris où nous sommes allés à la recherche de nos amis. Notre chef

L'ancienne boucherie
où j'ai trouvé refuge après mon évasion.

avait passé son temps à boire, sans doute pour conjurer sa peur. Un peu éméché, il a commencé à s'intéresser à une jeune femme sans plus se préoccuper de nous. Sans attendre, nous avons quitté l'abri et nous sommes allés frapper à la porte de la boucherie Walter Groll.

La famille était rassemblée autour de la table en présence de Louis Beuvin qui semblait être le fils de la maison. On nous a très vite débarrassés de notre tenue de déporté. Louis Beuvin nous a trouvé des vêtements de prisonniers de guerre, au dos desquels les lettres KG (KriegsGefangener) avaient été peintes. Il m'a aussi donné un semblant de pièce d'identité sans photo. Puis on nous a cachés dans le grenier où nous avons passé la nuit. C'étaient mes premiers moments de liberté. C'était extraordinaire. Nous nous étions libérés nous-mêmes, nous avions cessé de subir, nous avions repris notre destin en main : nous étions redevenus des hommes libres.

Plus tard, nous apprendrons que ceux qui n'étaient pas en état de marcher avaient été tués sur la place d'appel du camp.

Caché dans la boutique du boucher, j'ai assisté à l'arrivée des Américains. C'était le lendemain, le 4 avril 1945, au milieu de l'après-midi. Les chars américains sont entrés dans la ville et se sont immobilisés dans la rue. Derrière la fenêtre, nous les observions. Petit à petit, les soldats sont sortis de leurs chars et les enfants se sont approchés, les ont entourés et nous avons assisté à un spectacle tout à fait inattendu. Dans nos rêves, les soldats alliés, découvrant la vérité des crimes nazis, massacraient nos bourreaux, le peuple allemand. Or nos libérateurs distribuaient des friandises aux petits Allemands. Dès que nous nous sommes sentis en sécurité, nous avons décidé d'aller à la rencontre des Américains. Nous avions un besoin urgent

Visite du camp d'Ohrdruf par les généraux Eisenhower, Bradley
et Patton. Henry Ehrenberg se tient derrière l'homme au
premier plan qui a les mains dans les poches.

de raconter, de faire savoir ce qui s'était passé, de témoigner
sur ce qui, à l'époque, n'avait pas de nom mais que l'on
appelle désormais la Shoah.

Nous avons trouvé deux soldats américains qui comprenaient l'allemand. Nous leur avons fait le récit des
horreurs que nous avions vécues. Nous étions très excités.
Nous parlions rapidement, nous coupant la parole, les
soûlant de nos histoires invraisemblables. Devant leur

air ahuri et incrédule, nous leur avons proposé de les conduire au camp. Nous voilà grimpant dans leur Jeep, en route pour le camp d'Ohrdruf. Dès notre arrivée, le spectacle des cadavres répandus sur la place d'appel puis la découverte des charniers où les cadavres pourrissaient nous dispensèrent de commentaires. Les soldats américains étaient horrifiés.

À la suite de notre initiative, une communication est faite à l'État-Major des armées alliées. Le 12 avril 1945, les généraux Eisenhower, Bradley et Patton se rendent sur les lieux, accompagnés d'un grand nombre de correspondants de guerre qui se chargent de répandre aussitôt sur toute la planète les images et les récits de ce que fut le premier contact avec la réalité des massacres de masse dans l'univers concentrationnaire. On sait qu'à cette occasion, sur la place d'appel d'Ohrdruf, le général Eisenhower a déclaré : « Maintenant, nos *boys* sauront pourquoi et contre qui ils se battent. » Les Américains obligeront la population de Weimar et des environs à venir défiler devant les charniers, et à ensevelir les cadavres. Les caméras ont enregistré les images de ces cadavres et des visites des populations, à Ohrdruf et Buchenwald pour les Américains, à Bergen-Belsen pour les Britanniques. Elles ont été remontées dans de nombreux documentaires, et je ne peux les regarder sans ressentir à nouveau l'émotion de ma première rencontre avec nos libérateurs.

En sortant du camp, nous avons vu des prisonniers allemands désarmés, encadrés par des soldats américains. Dans le camp des SS, j'avais trouvé des bottes d'officier que je m'étais empressé de mettre, et une badine, comme celle des officiers, que j'avais accrochée à ma ceinture. Les deux Américains étaient révoltés par ce qu'ils avaient vu. Ils m'ont dit : «Vas-y, tape-leur dessus.» J'ai bondi de la Jeep avec ma badine. Quand je suis arrivé au niveau des prisonniers, je suis resté stupide, mon bâton à la main. Et je suis retourné tout penaud vers la Jeep. J'étais incapable de frapper : parce que les soldats n'étaient plus menaçants, parce qu'ils étaient prisonniers, parce qu'ils étaient désarmés, et que frapper n'est pas dans ma nature. On ne s'improvise pas bourreau. Je ne suis pas devenu tortionnaire, je suis devenu médecin.

Le retour

Je suis resté une dizaine de jours chez le boucher. Avec d'autres prisonniers de guerre français, nous avons décidé de rentrer en France par nos propres moyens. J'étais impatient de revoir les miens. Le 13 avril 1945, le jour même où nous avons appris la mort du président Roosevelt, j'ai quitté Ohrdruf et mon camarade Henry Ehrenberg. Louis Beuvin et six autres prisonniers de guerre français ont réquisitionné deux voitures allemandes et ont trouvé de l'essence. La situation avait changé, nous étions les maîtres.

Nous sommes partis, quatre par voiture. Nous avons pris la route vers la France. Les voitures étaient chargées de bagages. Sur place, les prisonniers de guerre avaient amassé beaucoup de choses en cinq années de captivité. Moi, j'avais seulement une musette dans laquelle j'avais mis des paquets de cigarettes américaines, un trésor à mes yeux. Les Américains ne nous ont pas facilité la tâche. Ils nous ont arrêtés, empêchés de passer, il a fallu faire des détours, trouver un autre chemin. Finalement, on est tombés sur la Military Police qui nous a confisqué nos véhicules. Seuls les militaires américains avaient le droit de circuler. Les voies de circulation servaient à ravitailler le front. Pour eux, le combat continuait. Ils nous ont mis dans des camions qui nous ont amenés dans un grand centre de rapatriement où il fallait attendre son tour pour rentrer en France. C'était à Eisenach. Ce centre était déjà organisé. Le 16 avril, ce fut notre tour de prendre le train. Le jour même, nous arrivions en France, à Montigny-lès-Metz.

Tous ceux qui revenaient d'Allemagne, prisonniers de guerre, requis du Service du travail obligatoire, déportés de la Résistance ou Juifs, se retrouvaient là, reçus par la Croix-Rouge et les autorités militaires. On nous identifiait, on nous recensait, on nous demandait nos papiers et on nous délivrait un document provisoire de rapatriement. Pour la première fois de ma vie, j'étais confronté à l'administration française. Des employés essayaient de voir s'il n'y avait pas des indésirables, des gens qui essayaient de se faire passer pour des prisonniers alors qu'ils étaient des collabos. Quand mon tour est arrivé, on m'a demandé mes papiers. J'ai dit que je n'en avais pas. Les prisonniers de guerre, eux, avaient des papiers. Pas moi. «Il nous faut des papiers.» Je leur ai dit que je n'avais pas de papiers parce que je sortais d'un camp de concentration. Et je prononce le nom des camps comme l'aurait fait un Allemand. On me trouve un accent allemand. On me suspecte. Je m'énerve : «Vous voyez bien que j'ai le crâne tondu, que j'ai un numéro de matricule tatoué. – Mais où étiez-vous ?» Je décline mon parcours, les différents camps. Cela commence à m'agacer : «Écoutez, demandez aux prisonniers qui étaient avec moi à Ohrdruf.» Ils appellent les prisonniers de guerre qui leur expliquent : «Vous n'imaginez pas tout ce que ces gens ont souffert. Nous étions prisonniers de guerre à Orhdruf. Là-bas, il y avait un camp de déportés où c'était terrible.»

À Montigny-Les Metz, personne n'avait encore vu de déportés, parce que l'on était le 16 avril. Buchenwald avait été libéré le 11 avril. Le rapatriement n'était donc pas encore organisé et, dans ce centre, on était dans l'ignorance de ce qu'avaient été les camps de concentration.

Dès que mes compatriotes prisonniers de guerre ont expliqué d'où je venais, ils ont changé de comportement. Ils sont devenus très gentils et très coopérants. Ils ont fait tout ce qu'ils pouvaient. Ils m'ont demandé si j'avais de la famille, si j'avais une adresse, des gens qu'il fallait prévenir, des gens que je connaissais, des numéros de téléphone. Mais toutes leurs recherches ont été infructueuses. Ils n'ont pas eu de réponse, ni de Saint-Lambert-du-Lattay, où ils ont essayé de joindre la mairie et la gendarmerie, ni dans le 18e arrondissement où habitaient mes grands-parents. Et pour cause, mes grands-parents avaient été déportés un an après moi, par le convoi n° 49, gazés à leur arrivée le 7 mars 1943. Mais cela, je ne l'apprendrai que plus tard. Par les haut-parleurs du centre, on entendait : « Monsieur Untel est attendu à la gare par sa famille… » Il y avait des messages pour les autres. Pour moi, il n'y en eut pas.

Louis Beuvin, qui était toujours à mes côtés, m'a proposé de partir pour Paris avec lui. Il a laissé ses coordonnées à Montigny. « S'il y a du nouveau pour lui, vous nous prévenez. » Nous avons pris le train ensemble. Nous sommes arrivés à Paris à la gare de l'Est. Sa femme l'attendait. Il avait vingt-six ans à présent, il avait été prisonnier durant cinq années. Sa femme avait passé plus de temps à l'attendre qu'elle n'en avait vécu avec lui. Dans mon souvenir, c'était une femme splendide. Elle avait été chez le coiffeur, elle s'était mise sur son trente et un pour accueillir son mari. Il lui a dit : « Le gosse, il n'avait pas où aller, je t'expliquerai. » Elle était en voiture, elle nous a embarqués pour Livry-Gargan où ils habitaient. Un repas de famille avait été organisé pour fêter le retour de Louis

Beuvin. On attendait l'enfant prodigue. On a ajouté un couvert pour moi. Mon premier repas en France, c'est avec eux que je l'ai pris. Pendant le repas, on a annoncé par un coup de téléphone que ma mère, mes frères et mes sœurs étaient vivants. Ils étaient à nouveau dans l'appartement parisien.

Ils ont appelé un taxi. Le boucher a demandé timidement à sa femme si l'on pouvait me donner un peu de viande. Elle lui a dit : « C'est toi le patron, tu es ici chez toi. » Il a mis son tablier, il a aiguisé son couteau, il s'est tourné vers moi et m'a demandé : « Vous êtes combien, chez toi ? » Il a découpé un bifteck pour chacun. J'ai mis le tout dans ma musette et le taxi m'a amené chez moi au 159 rue du Château-des-Rentiers, Paris 13e.

Je suis passé sous le porche. Je suis arrivé dans la cour. Ma mère, à la fenêtre du troisième étage, m'attendait. Elle avait les cheveux tout blancs. On lui avait enlevé son mari et trois de ses enfants, ses parents et sa sœur Fanny. Elle a vu son petit garçon qui revenait de la guerre, mais qui rentrait seul.

Il y a eu le bonheur des retrouvailles. Mais assombri. J'ai dit qu'il ne fallait pas attendre mon père et mon frère, qu'ils étaient morts. Non, je n'ai pas souvenir de l'avoir dit tout de suite. Mais j'ai dû le dire. Du moins,

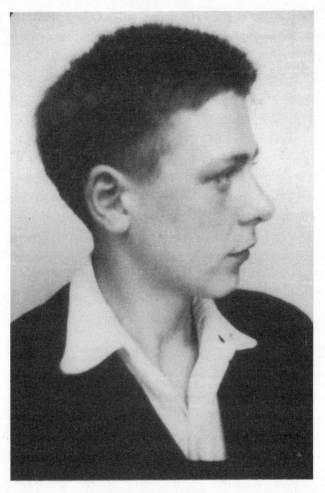

Moi, au retour des camps en 1945.

je le pense. Je ne saurais dire précisément comment cela s'est passé parce que je ne me revois pas en train d'annoncer à ma mère : «Ils sont tous morts.» Je ne me vois pas non plus la laisser dans l'ignorance. Je ne sais plus.

Après les retrouvailles avec ma petite maman a commencé un défilé de gens. Je ne sais pas comment ils ont su que j'étais là. Il en est venu de tous les coins de Paris et de la banlieue. Beaucoup sont arrivés avec des photos pour me demander : «Est-ce que vous avez connu Untel et Untel ?» En présence de ma mère, j'évitais de raconter la vie dans les camps, je ne voulais pas lui faire de peine. Désiré Hafner lui a raconté que le 25 mars, jour de son anniversaire, j'avais organisé une distribution de cigarettes parmi mes amis dans le camp d'Ohrdruf. Ma mère a alors sorti un petit papier de son porte-monnaie. C'était le message que j'avais jeté par la lucarne du train qui nous amenait à Auschwitz et qu'elle a gardé sur elle pendant les trois ans de mon absence.

Ma mère a découvert que son fils parlait le yiddish et qu'il pouvait soutenir une conversation dans cette langue. Elle feignait d'être désolée, se moquait gentiment parce que je le parlais avec un accent différent du sien. *Polak*, comme elle disait. Avec elle, je parlais aussi le russe. Mes frères et mes sœurs ne comprenaient pas. Je n'ai pas raconté à ma famille ce que j'ai vécu. Avec mes copains de déportation, ceux qui étaient rentrés, on en parlait constamment. Dès que j'apprenais le retour d'un de mes camarades, j'allais le voir. Entre nous, nous ne parlions que de cela. Mais en parler avec d'autres… non, ce n'était pas racontable. Pas à sa famille. Du moins, c'est ainsi que je l'ai vécu. Chez moi, ils savaient que j'étais le dernier à avoir vu papa, Bernard et Denise vivants. C'est sûr qu'ils auraient été curieux de savoir, mais ils ne me posaient pas de questions. Personne ne me posait de questions.

Surtout, il y avait les histoires de la Résistance. Je ne me lassais jamais de les entendre et de les réentendre. Dans ma famille, il y avait eu des résistants. Ma tante Fanny avait été arrêtée en Belgique, torturée à la prison Saint-Gilles de Bruxelles et déportée à Ravensbrück puis à Auschwitz, où elle est morte. Ma tante Blanche et son mari Georges Berger avaient accompli dans le Renseignement un travail extraordinaire. Se déplaçant de cache en cache avec leur poste émetteur, lien indispensable entre Londres et la Résistance, ils avaient rejoint de Gaulle à Londres dans des avions envoyés clandestinement sur ordre du colonel Passy. Mon oncle Georges fut le premier à se rendre en

Angleterre. Blanche a retrouvé son mari, elle a pris un vol en compagnie d'autres résistants de la première heure, parmi lesquels le futur maréchal Delattre de Tassigny et Antoine Claudius Petit qui sera ministre du général de Gaulle à la Libération. Mon frère Léon me racontait sa résistance, à Lyon dans un premier temps. À la tête d'un groupe armé, il avait participé au combat de la libération de Paris. Paris libéré, il s'était engagé dans la 1re armée où, lieutenant sous les ordres du colonel Fabien, il avait participé avec le 151e régiment d'infanterie à la campagne de France pour la libération du territoire. C'étaient des histoires formidables. Mon oncle Georges me racontait comment, à Londres, sous les ordres du colonel Passy, chef du contre-espionnage, dans le service du BCRA, il avait la charge de former les Radios clandestins qui seraient parachutés sur la France occupée.

Ces histoires de Résistance me fascinaient, j'aurais passé des nuits entières à les écouter. Tout le monde avait quelque chose à raconter, tout le monde avait été malheureux, tout le monde avait eu faim, avait souffert des affres de la guerre, de l'Occupation. Mon frère Roger et mes petites sœurs m'ont raconté comment ils avaient vécu isolés, cachés dans cette maison perdue au milieu de la forêt, près de Champtocé. Manquant de tout, accablés, constamment dans la peur d'être découverts... Il y eut cependant un événement dont ils gardent tous un souvenir émerveillé. Une apparition, un miracle de bonheur et de joie. La veille de Noël 1943, tante Pauline, la belle, la joyeuse, la généreuse Pauline, a débarqué à Champtocé précédée de deux jeunes gens du village qui s'étaient précipités pour lui porter ses paquets et la guider sur le chemin du repaire où se terraient ces pourchassés que tout le monde était supposé ignorer. Mon frère et mes sœurs m'en parlent encore avec des étoiles dans les yeux.

C'était un immense bonheur d'être à nouveau libre, d'avoir retrouvé mon pays, d'être à Paris, de dormir dans l'appartement qui était le nôtre avant la guerre, d'avoir retrouvé ma mère, mes frères et sœurs. Quand je repense aux mois de mon retour, en 1945, je revois le printemps. Je trouvais les filles belles, j'avais les yeux grand ouverts et j'en profitais. La vie avait recommencé. Il fallait récupérer le temps perdu, vivre intensément. Dans le même temps, la vie matérielle était difficile. Nous étions toujours dans la précarité. Il fallait survivre, il fallait manger, il fallait se loger. L'hiver, il fallait se chauffer, il faisait froid. Il fallait trouver de quoi vivre. Nous étions devenus les champions des œuvres caritatives. J'étais revenu orphelin de père dans une famille nombreuse dévastée par la guerre, avec une mère, des frères et sœurs qui avaient fui pour se cacher. Les questions matérielles occupaient le plus clair de mon temps. La solidarité entre nous, les anciens des camps, n'a jamais failli. On était en contact permanent. On connaissait les adresses utiles par cœur, on se les refilait entre copains. Là, ils donnent des vêtements ; là, tu peux peut-être avoir un lit, un colis alimentaire ; là, une veste, un pantalon, une chaise, un matelas. La plupart de mes copains étaient issus comme moi d'un milieu populaire, leurs familles avaient été décimées. Parfois, ils étaient seuls. Tous étaient dans le besoin. Mais on avait appris à se débrouiller.

Je m'étais promis de devenir prêtre si je ne retrouvais pas ma famille. Cette vocation pour la prêtrise venait sans doute de l'admiration que j'avais pour mon maître d'école, un maître exceptionnel, qui se donnait beaucoup de peine. Mais pendant trois années, je m'étais passé de l'Église, des sacrements. Pas de messe ni de confession. Je n'en avais pas eu besoin pour me sentir proche de Dieu. J'étais persuadé que Dieu m'avait protégé.

Quand je suis rentré, j'allais avoir dix-huit ans. Tout à coup, je me trouvais dans un monde libre. Paris, le printemps, les filles : j'ai compris que je n'avais pas la vocation du célibat, et au fil du temps il y a eu une évolution.

L'intérêt pour les études, la découverte de la culture, de la littérature, de la poésie, de la philosophie, le besoin d'une pensée rationnelle m'ont éloigné petit à petit de la religion. Mettre mon énergie et mon savoir au service de mes semblables pouvait remplir ma vie sans trahir l'idéal de l'enfant et de l'adolescent que j'avais été.

En juillet 1945, on m'a proposé de partir un mois à Lourdes dans une maison de repos pour déportés. À l'heure des repas, l'ambiance était animée, joyeuse. Quelquefois, à la fin des repas, le petit Charly montait sur une table pour nous raconter des histoires drôles qui n'étaient pas de son âge, c'était un talent précoce. Nous avions tous envie de nous amuser, de rire, de plaisanter. Les plus âgés nous entraînaient dans leurs sorties, nous allions dans des lieux où se retrouvait la jeunesse locale pour danser. Je me souviens de ma timidité qui m'empê-chait d'aborder les jeunes filles pour les inviter à danser. Nathan Prochownick, le grand danseur de notre groupe, faisait preuve d'une infinie patience pour m'apprendre à danser le swing. Au mois d'août, je suis allé dans une autre maison de repos, à Menton-Saint-Bernard, sur les bords du lac d'Annecy. On était très heureux de se retrouver entre déportés.

À cette époque, il n'y avait pas de psychologues au service de ceux qui ont subi un traumatisme. L'orientation

Moi, Charles Naparstek, le petit Charly Zlotnik,
à Lourdes en 1945.

scolaire n'existait pas non plus. Après la guerre, un de mes meilleurs amis, le Dr Désiré Hafner, m'a demandé : « Qu'est-ce que tu veux faire ? » Il m'a dit : « Henri, tu devrais passer ton bac. » J'ai acquiescé en lui demandant ce qu'il fallait faire pour ça. « Il faut t'inscrire dans un lycée. » Désiré Hafner était l'homme le plus instruit de mon entourage. Il me connaissait bien. « Tu n'es pas trop bête, tu as une bonne mémoire, là-bas tu parlais toutes les langues du camp. »

Je suis allé à la mairie du 13ᵉ arrondissement où se trouvaient les services d'aide aux victimes de guerre. Pupille de la nation, déporté, famille nombreuse : j'ai toujours été le chouchou des services sociaux. J'ai expliqué à l'employé que l'on m'avait conseillé de m'inscrire dans un lycée pour passer mon bac. Je ne savais pas ce qu'était le bac. Il n'y avait pas de bachelier dans ma famille. L'homme m'a fait une lettre de recommandation. Il m'a expliqué comment procéder : « Dis que tu es une victime de guerre, que ton père est mort, que tu n'as pas pu suivre des études normales du fait de la guerre. » Il m'a donné des adresses de lycées.

A commencé alors un drôle de périple. Je suis parti à la recherche d'un lycée. Je me présentais, demandant à être inscrit pour passer le bachot. On me demandait mon âge et ce que j'avais fait jusqu'alors. Je répondais que j'avais mon certificat d'études primaires. On me répondait que c'était bien triste, mais que l'on ne pouvait rien faire pour moi; on ne pouvait pas me faire entrer en sixième à dix-huit ans. Ce serait ridicule. De toute façon, je n'avais même pas le niveau de la sixième. Pour eux, ce n'était pas possible.

Rien ne me décourageait. Après les lycées de la rive gauche, ce fut les lycées de la rive droite. Partout, on m'a donné la même réponse. Tout cela m'a pris beaucoup de temps et d'énergie. Partout, on m'a répondu par la négative. Le responsable du service d'aide aux victimes de guerre de la mairie m'a alors dit: «Je crois que l'on s'y prend mal.» Et nous avons changé de tactique. Il avait été résistant et savait que le directeur d'un des cours complémentaires du 13e arrondissement avait été collabo. «C'est lui que tu vas aller voir, muni d'une lettre à l'en-tête des organisations de Résistance que je vais te confier, et ça m'étonnerait qu'il te refuse. Il sait qu'on l'a à l'œil.» Ce cours complémentaire était dans mon quartier, près de chez moi, ce qui m'arrangeait. Le directeur m'a reçu. Il a pris la lettre: «Mais oui, bien sûr, c'est la moindre des choses.» Et il a ajouté: «Ce serait ridicule, vu votre âge, de vous mettre avec les petits. Si vous êtes d'accord, je vais vous inscrire en troisième.» J'étais ravi, mais inconscient du challenge que cela représentait. Il a imposé sa décision aux professeurs. À la première dictée, sur quelques lignes, j'ai fait vingt-trois fautes. J'en garde le souvenir précis. J'écrivais phonétiquement. J'avais perdu mon orthographe. C'était un désastre. Les profs étaient effrayés. J'ignorais tout de l'algèbre et de la géométrie. Quand il suffisait d'apprendre des leçons par cœur, cela allait. Je n'étais pas en difficulté. Quand un savoir était nécessaire, ça ne marchait pas. J'avais choisi l'allemand. Là, j'avais de l'avance sur les autres. Je le parlais mieux. Mais je ne savais pas l'écrire, et pas très bien le lire. Pour rattraper mon retard, j'ai travaillé comme un forcené. J'ai obtenu de mon professeur de maths qu'il me donne des cours de rattrapage. Il était fumeur, moi je ne l'étais pas. Les cigarettes étaient encore rationnées à cette époque. Je lui payais les cours avec ma ration des cigarettes. Bref, petit à petit j'ai comblé mon retard et j'ai obtenu le brevet élémentaire en juin 1946. En même temps, je m'étais inscrit en candidat libre aux épreuves du baccalauréat, première partie. Pour le bac ce fut un échec, j'étais encore loin du compte.

Doté de mon brevet, j'ai postulé pour mon entrée en première au lycée Saint-Louis. On m'a répondu qu'il était impossible de sauter la seconde, parce qu'une troisième de cours complémentaire est loin d'être au

Photo de classe du lycée Saint-Louis, année 1946-1947.
Je suis au deuxième rang, le troisième en partant de la gauche.

niveau d'une troisième de lycée. J'ai insisté – depuis mon retour j'avais acquis un peu d'assurance –, j'ai fait valoir que j'avais sauté trois classes d'un coup, sixième, cinquième et quatrième. Ils ont fini par céder. Et me voilà élève en première au lycée Saint-Louis. Là aussi j'ai eu, malgré mes efforts, beaucoup de mal à combler mon retard. Je me refusais à accepter l'échec. Cependant, je n'ai pas obtenu mon bac en juin. Aussitôt je suis allé m'inscrire dans un cours privé pour la période des vacances, le cours Raspail. J'ai été reçu à la session de septembre 1947 à mon premier bac. J'ai décidé de m'orienter vers les études de médecine. Pour ce faire, il me fallait intégrer un lycée préparant au second bac sciences-ex. Je me suis inscrit à la section spéciale du mois de février 1948, réservée aux élèves victimes de guerre. J'ai réussi. Mon bac en poche, j'ai couru m'inscrire à la fac de sciences pour tenter de décrocher mon diplôme de PCB (physique, chimie et biologie) qui permettait l'entrée en fac de médecine première année. En deux ans et demi, je suis passé du certificat d'études à la faculté.

Alors que j'avais tout fait si vite, j'ai dû brutalement m'arrêter. Je suis pris d'une intense fatigue. Je m'endors sur mes livres. Pour essayer de me détendre, je vais courir dans un stade voisin. Je m'aperçois que je crache du sang. On découvre que j'ai une tuberculose pulmonaire. Lorsque je suis arrivé à Paris le 16 avril 1945, rien n'était organisé pour l'accueil des déportés. Plus tard, les déportés seront soumis dès leur arrivée à un contrôle médical à l'hôtel Lutetia. Je passe trois mois à l'hôpital de la Cité universitaire avant que l'on me trouve une place dans un sanatorium universitaire. Comme tous mes camarades d'infortune, j'espérais être envoyé à Saint-Hilaire-du-Touvet dans les Alpes françaises. Ironie du sort, ce fut en Allemagne, à Friedenweiler, en Forêt-Noire, en zone d'occupation française. Pendant ce repos forcé, je n'ai pas fait grand-chose. J'ai lu. Je me suis impatienté. J'ai récupéré.

En février 1949, j'ai obtenu la permission de quitter le sanatorium à la condition de renoncer à poursuivre mes études à Paris, ville jugée trop fatigante. Ce sera donc Strasbourg. J'y suis arrivé en mars 1949. Tout avait été organisé: une chambre à la Gallia où logeaient les étudiants, un droit d'accès au restaurant médico social, un rattrapage à la fac des sciences pour tous les travaux pratiques. Du matin au soir: TP de physique, de chimie, de biologie végétale, de biologie animale. Dans ces conditions, impossible d'assister aux cours magistraux. Pas le temps de souffler: l'examen est pour le mois de juin. Le jour de l'oral, quand vient mon tour en biologie animale, debout face au professeur Vivien, je m'écroule et perds connaissance. Panique! On me relève, on m'allonge sur un banc. Je reviens à moi et le professeur retourne auprès de ses élèves. Plus tard, il me questionne sur ma santé, les raisons de mon malaise. Je raconte le sana, les cures de repos puis, sans transition, les mois de surmenage. Bienveillant, il me dit: «On va faire autrement, vous allez vous-même choisir un sujet.» Je m'exécute, cela se passe plutôt bien. Il me pose d'autres questions. Il est satisfait de mes réponses.

J'obtiens mon diplôme en juin 1949 et je rentre à Paris pour m'inscrire à la fac de médecine. L'hospitalisation avait été pour moi l'occasion de découvrir la Cité universitaire. Je postule pour y obtenir une chambre. J'intègre le pavillon Deutsch de la Meurthe, un des plus agréables de la Cité. Une nouvelle vie commence.

Les deux premières années de médecine exigent énormément de travail et constituent une véritable sélection. Mais pour étudier, je ne suis plus seul à présent. À la Cité, environné d'étudiants de tous pays et de toutes disciplines, j'ai comme voisins de chambre des étudiants en médecine, en particulier Pierre Blanche et Jacques Mazeyrat qui, eux, sont en troisième année et déjà externes des hôpitaux. J'ai pu bénéficier de leurs conseils et de leurs expériences et partager avec eux une vie riche en discussions sur la vie, la culture, l'avenir, et sur les femmes évidemment.

À l'époque où je préparais mon bac, pour gagner un peu d'argent j'avais essayé de vendre des assurances-vie, en faisant du porte-à-porte. Je n'étais pas doué pour ce travail très particulier, cela se révéla être un échec. En 1952, en troisième année de médecine, j'ai rechuté. De nouveau hospitalisé et dans l'impossibilité de me présenter aux examens, j'ai perdu mon année et, de ce fait, on m'a sup-primé ma bourse d'études. J'ai redoublé ma troisième année. Un ami, me sachant en difficulté matérielle depuis la perte de ma bourse, m'a présenté à l'une de ses rela-tions, ancien déporté lui aussi. Pour me dépanner pro-visoirement, il m'a proposé : « J'ai des montres suisses de différentes marques pour hommes et femmes. Je te les confie et tu me les paieras quand tu les auras vendues. » J'ai aussitôt passé un accord avec mon ami Jacques M., qui étudiait le chant au conservatoire. Libanais d'origine, il résidait au pavillon de l'Arménie de la Cité univer-sitaire. Il gagnait sa vie en réparant des montres et serait ma garantie pour chaque montre vendue qu'il s'enga-geait, en cas de besoin, à réparer gratuitement. Le risque n'était pas grand, les montres étaient neuves et de qualité. Le bouche à oreille lui vaudra de nouveaux clients, ce qui contribua à lui faire gagner sa vie à lui aussi.

Au Quartier latin, rue Soufflot, dans un service d'aide aux étudiants, un responsable s'est indigné : « Comment peut-on supprimer la bourse à une victime de rechute d'une maladie contractée pendant la déportation ? » Il m'a promis de faire l'impossible pour récupérer ma bourse. Pendant ce temps, j'ai travaillé pour ma troi-sième année, beaucoup moins difficile que les deux précédentes, et grâce au négoce des montres j'avais de quoi ne pas mourir de faim. J'ai réussi mes examens de fin d'année et, un bonheur n'arrivant jamais seul, j'ai récupéré ma bourse avec tous les arriérés en une seule fois. Je me suis aussitôt rendu chez ma mère et j'ai emmené toute la famille passer le mois d'août sur une plage de Normandie.

À la fin de la cinquième année, comme tous mes collègues, j'ai commencé à faire mes premiers remplacements de médecin. Certains épisodes m'ont laissé des souvenirs inoubliables. En particulier, je me souviens avec bonheur des accouchements de nuit, à la campagne, partageant l'émotion et la joie des familles.

Je me rappelle mon premier remplacement à Aubervilliers, chez Désiré Hafner. Il avait voulu me donner l'opportunité de faire chez lui mes débuts dans le métier. J'avais peur de ne pas être à la hauteur. Le choc, aussi, de la découverte de jeunes femmes seules, avec des enfants en bas âge, et qui baignaient dans leur sang à la suite de manœuvres abortives. Et le sentiment insoutenable d'injustice face aux malheurs qui accablent les plus démunis. Je pensais déjà aux lois qu'il faudrait changer.

Quelques années plus tard, c'est avec soulagement que j'apprends l'existence du planning familial, fondé par une femme remarquable et courageuse, Mme Lagroua

Weill-Hallé. Nous étions quelques rares médecins à nous rendre au 4 rue des Colonnes près de la Bourse, à Paris, où l'on nous enseignait à prescrire les diaphragmes, les crèmes spermicides importées de l'étranger et, bien plus tard, les premières pilules contraceptives. La crainte de la justice est toujours présente jusqu'à la promulgation de la loi Neuwirth qui autorisa la contraception. Et enfin, grâce au combat de Simone Veil, le droit à l'IVG. On ne dira jamais assez combien la lutte de ces pionnières est méritoire. Il faut se souvenir de Simone Veil face aux attaques d'une violence inouïe à l'Assemblée nationale, en 1974, pour faire adopter la loi qui allait changer la vie des femmes, plus particulièrement celle des plus défavorisées.

Mes études se dérouleront sans problèmes particuliers et j'obtiens mon diplôme de médecin en 1956. En 1958, je décide de m'installer à Paris dans le 11e arrondissement. J'achète la clientèle d'un confrère, la banque m'accorde un crédit de cinq ans. Ma tante Blanchette et mon oncle Georges me prêteront la moitié du comptant exigé, l'autre moitié m'est avancée par mon ami Jacques Altmann. Me voilà devenu médecin généraliste.

Ma clientèle n'a cessé de se développer au fil du temps. Beaucoup de travail et de surmenage. J'ai eu la chance de participer, dès sa création, à l'enseignement des manipulations vertébrales et thérapeutiques manuelles, c'est à dire l'ostéopathie, sous la direction du Dr Robert Maigne dans le service hospitalier de l'Hôtel-Dieu à Paris.

Pour m'aider dans mon travail, j'ai eu recours quelques heures par jour à l'assistance de jeunes femmes. Le plus souvent, il s'agissait de jeunes filles au pair venu à Paris pour apprendre notre langue. Un ami étudiant anglais avait un jour accompagné une jeune Allemande rencontrée à l'Alliance française. Alors qu'il l'entendait tousser et la voyant mal en point, il lui avait proposé de l'amener chez un de ses amis médecins qui parlait sa langue et qui, par amitié pour lui, ne la ferait pas payer et peut-être même lui donnerait les médicaments dont elle aurait besoin. Ainsi fut fait. Trois ou quatre mois plus tard, elle entendit une de ses camarades, étudiante comme elle, dire qu'un médecin offrait pour quelques heures par jour un salaire raisonnable. Elle a reconnu le nom et l'adresse de celui qui l'avait soignée et auquel il lui arrivait de penser. Très vite, nous sommes devenus inséparables. Un an plus tard, lorsque nous avons su qu'elle attendait un enfant, nous avons décidé de nous marier. C'était le début d'une grande histoire d'amour qui nous a permis, soudé l'un à l'autre, de supporter les épreuves de la vie. Les deuils, les maladies, les adolescences de nos enfants avec leurs crises, l'usure du temps et aujourd'hui, après plus de cinquante ans de vie commune, nos quatre filles, trois gendres et sept petits-enfants : autant de sources de joie et de préoccupations.

En 1974, une rechute de tuberculose pulmonaire m'a obligé à interrompre mon travail. J'ai passé trois mois en sanatorium au plateau d'Assis. Pour la première fois, j'ai bénéficié d'un traitement antituberculeux d'une durée d'un an. J'étais pressé de reprendre mes consultations pour reconstituer une clientèle qui avait disparu pendant mon absence. La reprise fut un échec, j'étais en dépression. Le spécialiste consulté m'a expliqué qu'il s'agissait d'une conséquence du traitement prolongé. J'ai alors éprouvé le besoin d'entreprendre une psychanalyse. Après quelques mois, tout en continuant mon analyse, j'ai été en mesure de reprendre l'exercice de ma profession.

Je voudrais revenir sur la décision de me marier. J'avais envisagé cela comme une simple formalité puisque nous vivions ensemble depuis plus d'un an. Ce sera un mercredi, le jour où je n'avais pas de consultation. Deux témoins, une signature à la mairie et la vie reprendra son cours. J'ai découvert à ma grande surprise qu'il en allait tout autrement. Ce n'était plus une liaison comme j'avais pu en avoir par le passé, durant ma vie de célibataire. Cette fois, j'avais jeté l'ancre. J'étais arrivé au port et c'était là que j'allais construire mon foyer. À dater de ce jour, la symbolique du mariage m'est apparue comme une étape essentielle dans la vie du couple. Une étape que, depuis, je me suis bien gardé de prendre à la légère.

Lors de mon court séjour à Strasbourg en 1949, une de mes amies me fit savoir qu'elle était enceinte. Sachant que j'étais sur le point de retourner à Paris, elle avait envisagé une interruption de grossesse. Elle m'a expliqué qu'une de ses amies avait eu le même problème et qu'elle savait à qui s'adresser. Elle se montrait rassurante, je ne demandais qu'à être rassuré. À Paris, deux où trois ans plus tard, je fus convoqué par un service de protection maternelle et infantile. La jeune femme qui m'a reçu m'a informé qu'elle était chargée de me faire savoir que mon ex-amie de Strasbourg avait mis au monde une fille. Elle me demandait si j'étais disposé à l'épouser, ou sinon, à reconnaître l'enfant. L'assistante sociale m'a interrogé sur ma vie, ma famille, mes ressources. Je crois qu'après m'avoir écouté, elle a davantage songé à me protéger qu'à l'avenir de la mère et de l'enfant. Plus tard, installé médecin et gagnant ma vie, j'ai tenté de retrouver la trace de mon ex-amie et, avec les encouragements de mon épouse, j'ai chargé un camarade strasbourgeois, Roger Frey, de faire des recherches. Nous avions été étudiants à la même époque et lui aussi était un ancien déporté. Alsacien, il avait refusé d'être incorporé dans l'armée allemande. Ses recherches n'aboutirent pas. Et pour cause : entre-temps elle s'était mariée et portait le nom de son mari. Mais l'histoire ne s'arrête pas là. En août 1977, ma femme, enceinte de notre troisième fille, en était à son septième mois de grossesse. Nous avions décidé de ne pas partir en vacances et ma femme se chargerait du secrétariat. Tandis que j'étais en consultation, j'entends : «C'est personnel, Mlle Christiane R. voudrait te parler.» Avant même d'entendre la voix de Christiane, je savais de qui il s'agissait. «Monsieur, je voudrais savoir si vous avez fait vos études à Strasbourg. – Oui, mademoiselle, et il se pourrait bien que vous soyez ma fille.» À la gare j'ai pris sa valise, nous étions embarrassés l'un et l'autre. Pour détendre l'atmosphère, j'ai plaisanté. Elle a souri et je lui ai dit : «C'est fou ce que vous ressemblez à ma petite sœur.» Lorsque nous sommes arrivés à la maison, ma femme et Danièle, notre grande fille (elle avait seize ans), nous accueillirent avec un sourire ému et amusé : «Alors là, tu ne peux pas la renier ! C'est celle de tes filles qui te ressemble le plus.»

Dans les années qui ont suivi mon retour, quand il m'est arrivé de vouloir raconter ma déportation, ça a été insupportable aux autres. Cette situation s'est longtemps prolongée dans ma famille. Le jour où nous étions réunis après la cérémonie de la pose de la plaque commémorative au Grand séminaire d'Angers, le 20 juillet 1992, cinquante ans après notre arrestation, nous nous sommes retrouvés chez ma sœur Madeleine, dans sa propriété près d'Angers. Le soir, dans le jardin, un verre à la main, nous évoquions la cérémonie. J'ai voulu leur dire que je m'étais étonné qu'ils ne m'aient jamais posé de questions sur ce qu'avaient été les derniers moments de papa, de Bernard, de Denise. Qu'ils me demandent du moins ce que j'en savais. Cette conversation a duré quelques secondes. Ma sœur Odette s'est évanouie et on a changé de sujet.

Ainsi, d'un côté on ne m'interrogeait pas, craignant de me faire souffrir, mais on se protégeait aussi de sa propre souffrance. Ceux qui sont directement concernés par ces récits ne les supportent pas. C'est du moins mon expérience. Je me demande souvent si ceux qui peuvent les entendre sont indifférents, moins concernés, peut-être même un peu ennuyés. Je me rends compte que quand je témoigne, je trie, je raconte des choses qui peuvent être intéressantes. J'ai toujours commencé par décrire mon évasion parce que c'est de l'action, c'est héroïque, c'est comme un roman d'aventures. Mais raconter la misère, raconter le martyre, on ne peut vraiment le faire qu'aux gens qui sont concernés et ont souffert dans leur chair et dans leur famille. Et ceux-là, ils ont du mal à vous entendre. Témoigner publiquement n'a pas été chose facile. C'est le résultat d'un long cheminement.

Pour que j'en vienne à témoigner en public, il aura fallu deux événements pratiquement synchrones. La colère et l'indignation provoquées par les attendus d'un jugement en faveur du milicien Paul Touvier et disculpant en partie le régime de Vichy. À la même période, en 1992, j'avais accepté de raconter devant une caméra le sort réservé à ma famille pendant la guerre, à la demande de «Témoignages pour Mémoire». Ce petit groupe d'universitaires était l'antenne française de la fondation Fortunoff de l'université de Yale, aux États-Unis. Il s'était donné pour tâche de recueillir sur support audiovisuel les récits des survivants de la Shoah. J'ai vite été coopté, à ma demande, par l'association dont je suis devenu un membre actif, interviewant à mon tour les anciens déportés. Tous ces témoignages filmés, sur cassettes audiovisuelles, sont archivés, mis à la disposition des chercheurs, historiens et enseignants aux Archives nationales. Avec Caroline Roulet et Annette Wieviorka, nous avons choisi quatorze d'entre eux, qui constituent les Quatorze récits d'Auschwitz.

Aujourd'hui, si je témoigne, c'est aussi parce que, dans un pays de droit, celui qui assiste à un crime a le devoir de témoigner. Nous avons assisté à des crimes et les nazis ont tout fait pour que cela ne se sache pas. Ils ont camouflé, utilisé un langage codé. Ils nous ont mis dans un coin du monde où il n'y avait pas de visiteurs. Ils ont essayé de transformer un peuple en fumée et en cendres pour qu'il n'y ait plus de traces. Il y a eu crime et il y a eu mensonge !

Je suis aussi médecin. Quand il y a un mal, il faut trouver un remède, un vaccin. Faire quelque chose pour être en état de résister en cas de nouvelle épidémie. Je ne reste pas les bras croisés. Je raconte ce qui s'est passé, ce que le nazisme a fait, ce dont le totalitarisme et le fascisme sont capables, la suppression des droits de l'homme, la fin de la démocratie… Je raconte l'histoire de la déportation, je dis, je répète, notamment aux lycéens, aux collégiens et à leurs enseignants : il faut que vous soyez conscients du fait que ce qui a eu lieu peut recommencer. Il y a des massacres ailleurs dans le monde, des massacres de masse. Ce n'est pas fini. La Shoah n'a pas vacciné le monde.

Chaque fois que nous témoignons, avant de penser à nos propres souffrances, nous pensons à tous ces morts

Moi, témoignant au Bellas Artes à Madrid, en janvier 2007.

sans voix. Mon désir de témoigner est comme multiplié, catalysé par cette pensée. Même si par nature, par discrétion, par pudeur je répugne à parler de moi-même, je ressens comme un devoir par rapport à ceux qui ont été exterminés.

C'est l'arrêt Touvier qui m'a incité à témoigner. Pour d'autres, cela a été l'émergence, dans l'espace public, des propos négationnistes de Robert Faurisson. Les négationnistes eux-mêmes ne m'intéressent pas. Je n'ai rien à leur dire. Si l'on me dit que la Seine ne traverse pas Paris, ou bien que la bataille de Verdun n'a pas eu lieu, je ne réponds pas. Quand des gens nient l'évidence, la seule question qui m'intéresse c'est : pourquoi affirment-ils ces inepties ? Sont-ils complètement stupides ? Je ne le crois pas. Je crois au contraire qu'ils savent la vérité mais qu'ils ont des arrière-pensées politiques. Ils sont issus des milieux de la collaboration avec le nazisme, dont ils ont gardé la nostalgie, et souhaitent le retour de ce type de régime totalitaire, xénophobe et raciste. Ils voudraient faire oublier les atrocités commises sous le règne de Hitler, qui inspirent l'horreur. On reconnaît le mépris des négationnistes pour les gens qui sont la cible de leur propagande. Cela a toujours été la méthode des mouvements fascistes : mentir encore et toujours afin de troubler les esprits fragilisés par les périodes de crise et les difficultés sociales et économiques.

La république nous a donné des droits. C'est la démocratie qui nous a permis de redevenir des hommes libres et qui défend les droits de l'homme. Il faut inciter les jeunes à en prendre conscience. La démocratie, c'est un bien que nos aïeuls nous ont gagné en droit. C'est un bonheur de vivre en liberté en pouvant aller et venir librement, avec le droit de s'exprimer librement, le droit de voter. Il faut prendre conscience que la démocratie est précieuse, mais qu'elle est fragile. Nous l'avons payée cher pour en comprendre le prix.

La démocratie donne à ses ennemis le droit de parler, le droit de s'exprimer, c'est sa grandeur, c'est son honneur, mais c'est aussi sa fragilité et cela implique que ceux qui jouissent de ses bienfaits, de ses libertés, de ses droits, ont le devoir de faire en sorte qu'elle soit défendue. On ne peut pas prendre notre retraite de ce combat. Je préfère être un militant actif qu'un souffrant passif.

Nous avons mis du temps à témoigner, principalement parce que l'on ne souhaitait pas vraiment nous entendre. Et ce, pour de multiples raisons, en particulier politiques. Mais la raison fondamentale, c'est qu'il s'agit d'un crime contre l'humanité et l'humanité a honte de l'évoquer. De plus, beaucoup de Français étaient compromis d'une façon ou d'une autre, à des degrés divers. On l'a bien vu avec l'espèce d'épidémie de la repentance qui s'est développée ces dernières années. L'Église se repent, les policiers se repentent, les médecins, les avocats se repentent… En vérité, ce sont les petits-enfants des Français du temps de l'Occupation qui prennent en charge cette mémoire.

Il existe des formes d'amnésie plus directes : pendant des dizaines d'années, l'Europe a occulté le sujet. Les historiens ne se sont intéressés à la Shoah que tardivement.

Lorsque nous, témoins, nous en parlons, nous nous disons que personne ne va nous croire parce que c'est incroyable. Nous sommes alors hors de nous-mêmes, parlant sans parvenir à nous imaginer que des individus dits « civilisés » ont ramassé des petits enfants et les ont exterminés en plein xxᵉ siècle. Lorsque nous témoignons, le fait d'être présent, de commenter le passé, de dire ce qui est arrivé, bouscule, je l'espère, les esprits, mais cela ne va pas de soi. Il faut voir combien cet événement perturbe, alors que nous pensions ce savoir acquis.

On dit de façon générale que l'expérience concentrationnaire ne se communique pas. La Shoah est soumise comme tout phénomène à cette limite. Toutefois, elle impose une volonté de transmettre qui fait que la limite semble ici insupportable. Je crois que l'on peut toujours dire les faits : des familles entières dans des wagons à bestiaux sans ravitaillement, la sélection sur la rampe, la plus grande partie des individus envoyée dans les chambres à gaz dès le premier jour. Les faits, les chiffres, les circonstances sont communicables, mais ce que les gens ont ressenti est incommunicable. En effet, pour exprimer un vécu personnel on utilise des mots, les interlocuteurs parviennent à se comprendre parce qu'ils donnent à peu près le même sens à ces mots du fait de la communauté de leur expérience. Je sais bien que si je parle de la faim, de la faim que j'ai ressentie à Birkenau, de la faim de quelqu'un qui maigrit tous les jours et qui va mourir de faim, mourir réellement, je ne serai pas compris. Pour les autres, avoir faim se confond avec l'appétit parce que c'est la seule expérience qu'ils en ont.

Parfois, quelqu'un nous demande : «Et comment s'est passée votre libération?» Il faut dire que les gens, à un moment donné, ne supportent plus, ils veulent un *happy-end*, ils ont besoin de respirer.

Je ne suis jamais las de parler. Si on me le demandait, je me mettrais à parler, à parler jusqu'à la fin, de peur d'oublier, de ne pas tout dire. Pour témoigner de ces choses qui sont tellement difficiles à faire passer, peut-être faut-il le talent d'un Jorge Semprun, d'un Elie Wiesel, ou d'un Primo Levi. Je crois que l'art en général et la poésie en particulier permettent d'aller plus loin que les mots, plus loin que le récit exact des faits. Je crois que les poèmes permettent de faire passer, de faire percevoir une partie de l'incommunicable du vécu. Aller plus loin que les mots… Par exemple, lors de la commémoration du soixantième anniversaire de la libération du camp d'Auschwitz, de nombreux chefs d'État ont pris la parole à tour de rôle. Le seul moment où tous les présents ont été bouleversés, cela a été quand le chant du rabbin s'est élevé, exprimant mieux et plus que les mots la tragédie que fut la Shoah.

J'ai été parmi les plus jeunes survivants d'Auschwitz. J'étais à peine sorti de l'enfance. Je parle à des jeunes qui ont l'âge que j'avais alors. Mon extrême jeunesse donne-t-elle une couleur particulière à mon témoignage ? C'est possible. Annette Wieviorka dit parfois que les témoignages des enfants sont plus frustes que ceux des adultes. C'est une évidence. Il y a des choses que je n'ai pas vues. Mes amis médecins ont regardé avec des yeux de médecin. Mon regard a balayé certaines choses, dont je n'ai pas eu conscience. Imaginez une mère de famille qui a été déportée avec ses enfants, ou qui a laissé ses enfants cachés quelque part, elle a vécu les situations autrement. Elle a eu d'autres souffrances, d'autres pensées, d'autres cauchemars que les miens. Il est évident que, pour moi, il y avait une quantité de choses que je n'avais pas encore vécues. Celui qui avait une famille, ou une femme, ou une fiancée, qui avait aimé, ou qui avait un métier, des responsabilités, ou un engagement politique, s'est posé des tas de questions qu'un gamin qui sort de l'école communale ne se pose pas. Il est évident que cela n'est pas comparable.

À quinze ans, on a une conscience limitée du milieu. C'est pourquoi les récits des enfants déportés sont plus pauvres en informations que ceux des adultes. Je prends l'exemple de mon ami médecin, Désiré Hafner. Quand il est revenu de déportation, il a écrit une thèse sur les «aspects pathologiques du camp de concentration de Auschwitz-Birkenau». Je suis devenu médecin et à présent je peux dire, en lisant cette thèse : «Oui, c'était comme cela.» Mais à l'époque, il a vu des choses qu'il a su analyser grâce à ses connaissances médicales. À quinze ans, je ne pouvais pas analyser ce que je vivais, je n'avais pas les mots pour décrire les réalités du camp. Toutefois, en interviewant d'anciens déportés, je me suis rendu compte que plus ils avaient été déportés jeunes, plus ils avaient été profondément marqués par ce traumatisme. Il y a chez eux des larmes, des émotions, les mots se bousculent.

J'ai témoigné devant des jeunes pour la première fois dans un lycée du 13e arrondissement à Paris. Je ne m'étais pas senti le droit de refuser, mais en même temps j'avais une appréhension qui tenait au fait que je n'avais pas l'habitude de parler en public. Surtout, j'allais être devant des gens et je leur dirais : «Je suis juif.» Cela me semblait contre nature parce que j'avais été persécuté pour cette raison. Je m'interroge aussi souvent sur le fait de témoigner devant des jeunes. On peut leur faire du mal, les désespérer… Le témoignage est peut-être néfaste, nocif, pernicieux, je ne sais pas… On a l'habitude de protéger les enfants, de leur raconter de belles histoires pour qu'ils aient confiance en l'existence et moi, tout à coup, je leur raconte l'une des pires horreurs de l'histoire de l'humanité. Cela me pose un problème, j'essaie de taire certaines horreurs, de ne pas aller au-delà d'une certaine limite pour ne pas les traumatiser.

À d'autres moments, je ne peux m'empêcher de penser que les jeunes déportés juifs, eux, ont vécu cela ; que la plupart ont été exterminés dès leur arrivée. Il y a une telle disproportion entre le fait de l'avoir vécu et le fait de simplement écouter et accueillir ce témoignage. Ces enfants qui ont été tués étaient leurs semblables.

La seule chose dont je suis sûr, c'est que lorsque je témoigne et que l'on me pose une question imprévue, cela fait naître en moi une émotion qu'il m'est difficile de contenir. De la même façon, quand je lis les témoignages de ceux de mon convoi, ils racontent des choses que ma mémoire a occultées et qui me reviennent. Il ne s'agit pas d'oubli, mais de défense. Peut-être que si nous nous souvenions réellement de ce que nous avons vécu, avec toute l'acuité de ce moment passé, nous ne pourrions pas vivre aujourd'hui. Nous nous sommes construit inconsciemment des défenses pour nous protéger de cette mémoire. Et en même temps, nous ressentons le besoin de parler. Il y a sans doute là quelque chose de thérapeutique : s'acquitter de sa dette à l'égard des disparus qui se sont tus à tout jamais. Par le langage, on revit sûrement en partie ce que l'on a vécu, car je ressens une fatigue intérieure après avoir témoigné. Dans le même temps, raconter en étant écouté, c'est retrouver la dignité perdue dans les camps. En tout déporté il y a un humilié qui sommeille.

Il y a aussi des thèmes qui me dérangent, que je ne peux pas évoquer. Évoquer ma mère, mon père, ma famille : cela m'est très difficile.

J'aime recueillir les témoignages de déportés. Lorsque j'interroge un déporté, je suis dans son récit. Je l'amène, et avec moi il sait qu'il peut parler en confiance, que je comprends son langage, que je donne aux mots le même contenu que lui. Mais je sais que son discours ne m'est pas destiné. J'essaie donc de faire en sorte qu'il donne des précisions pour que le public parvienne à l'entendre. Il m'est souvent arrivé de dire : «Oui, moi je comprends, mais explique pour les autres». C'est un peu un monde à part qu'il faut entrouvrir. Quand on me disait «il y a un Allemand qui...», je sais qui était cet Allemand dont on parlait, je savais si c'était un kapo ou un chef de baraque ou un SS. Je faisais préciser pour les besoins de l'enregistrement. Je pouvais demander certaines choses que les intervieweurs, qui manifestent un trop grand respect par rapport au témoin, n'osent pas demander. Pour moi, on peut poser toutes les questions. Il n'y a pas de tabous. Il ne faut pas sacraliser le déporté.

Je suis un passeur, peut-être parce que je suis médecin et, étant passé par la psychanalyse, j'entends des choses qui ne sont pas dites et d'autres qui sont camouflées par les mots. J'essaie de les faire émerger. Il s'agit en effet de faire sortir quelque chose de l'enfer pour le diffuser au monde civilisé.

Certes, un témoignage n'est pas une psychanalyse, mais je suis persuadé que l'exercice qui consiste à laisser remonter les souvenirs des profondeurs où le temps les avait enfouis et en faire un récit à un tiers en cherchant les mots pour le dire est une activité salubre, car témoigner c'est encore travailler sur son passé : c'est un travail qui permet de mieux gérer son passé. On ne croule plus sous le poids d'un traumatisme qui se fait d'autant plus lourd que l'on a cessé ses activités professionnelles et que l'on arrive à l'âge où l'homme vit davantage dans ses souvenirs.

Je réfléchis aussi beaucoup sur la signification du crime contre l'humanité. En droit, ce crime touche l'humanité en général, mais dans les faits, je dois bien remarquer que ce sont souvent les Juifs qui prennent l'initiative d'évoquer ce sujet. Je me souviens d'un ami qui, à l'époque, avait des responsabilités auprès du Premier ministre. Nous avions besoin d'argent pour filmer des témoignages et il m'a répondu spontanément, lui qui était un démocrate dont je connaissais les sentiments : «Enfin, il y a des Juifs qui ont beaucoup d'argent. Pourquoi ne vous aident-ils pas?» Il faisait du génocide une histoire entre Juifs. Cela m'a beaucoup frappé. Si on tue les coiffeurs, est-ce que cela concerne seulement les coiffeurs? Si on tue les chauffeurs de taxi, est-ce que cela concerne seulement les chauffeurs de taxi? Un tel crime est-il seulement l'affaire des victimes et de leurs descendants? Cette mémoire ne doit-elle pas être collective?

Récemment, j'entendais évoquer le génocide arménien et ces récits ressemblaient étrangement à ceux des Juifs ou des Tziganes. Une petite fille avait été cachée, elle avait vu le massacre de toute sa famille. À ce moment-là, je n'ai pas senti de différence. Pourtant, la Shoah me semble différente des autres génocides, et ce en trois aspects fondamentaux. Premièrement, ce génocide reposait sur l'antisémitisme qui est quelque chose de très ancien. La Shoah est ainsi l'aboutissement d'un phénomène continu et permanent. Deuxièmement, cela a eu lieu dans un des pays les plus civilisés de la planète. La civilisation a rencontré le totalitarisme. Les nazis ont bénéficié des moyens d'une époque, d'un pays. Troisièmement, et c'est là le point le plus singulier, la mort a été industrialisée, c'est-à-dire que la rationalité s'est appliquée à l'extermination. La raison ne concourait plus au bénéfice de l'humanité mais à sa destruction. La mort est devenue pire que la mort parce qu'elle a été niée elle aussi, les traces en ont été effacées.

J'ai aussi beaucoup réfléchi à ce qui différencie le témoin de l'historien. J'ai lu les historiens. Je les ai aussi fréquentés, notamment dans le cadre de « Témoignages pour Mémoire », quand j'ai rejoint à ma demande le groupe car l'enregistrement des témoignages m'a paru une urgence.

Les ouvrages d'histoire sont capitaux pour ceux qui veulent approfondir un sujet. Mais si l'on veut toucher le grand public, il faut passer par l'audiovisuel. Je pense que les historiens ont également besoin de voir la tête des gens, leurs mimiques, leurs expressions, leurs détours de langage, ce qu'ils disent et ce qu'ils taisent. C'est une autre façon d'approcher l'Histoire. J'ai participé à la réalisation d'un CD-Rom, devenu un DVD[1], dans le cadre de la « Fondation pour la mémoire de la

1. CD-Rom / DVD Fondation pour la mémoire de la déportation, 1995.

déportation», sous la direction de Denise Vernay avec l'étroite collaboration du général Pierre Saint MacCary et la compétence intellectuelle et technique du jeune surdoué Grégory Chatonsky et un petit groupe de jeunes appelés du contingent, mis à notre disposition par le ministère de la Défense. Il s'agissait non seulement de la déportation des Juifs, mais de l'ensemble de la déportation. C'est un support de mémoire qui s'adapte à chaque individu. Je pense également que le travail que nous avons accompli dans le cadre de ce CD-Rom, ou des quatorze récits d'Auschwitz (DVD)[1], rend accessible les témoignages qui à l'origine durent plusieurs heures et ne sont visionnés que par des spécialistes, des historiens, des chercheurs. Dans le cadre du CD-Rom, nous avons choisi des fragments de témoignages et nous les avons reliés à des textes et des images pour permettre de comprendre les différentes facettes du système concentrationnaire. L'audiovisuel est l'outil le plus adapté aux jeunes. Nous vivons à l'époque de l'audiovisuel : les plus jeunes ont l'habitude de voir des images qui parlent, la télévision est dans 90 % des foyers. Il fallait offrir aux jeunes générations un support avec lequel ils sont déjà familiarisés, qui ne les rebute pas. Mais comment donner sens

1. *14 Récits d'Auschwitz*, MK2, 2005.

à des images? Comment sortir des clichés pour qu'une image, une seule, parle? Je témoigne dans des lycées et des collèges, et les professeurs disent parfois: «Jusqu'à présent vous avez entendu votre professeur qui a étudié dans des livres. Il s'agit maintenant de tout à fait autre chose: vous allez voir des gens en chair et en os qui sont là, devant vous, et qui vont vous parler.» Avec les DVD c'est de cela qu'il s'agit, je l'espère: donner des visages, des voix à l'Histoire pour l'incarner.

Certaines questions sont récurrentes, qui viennent surtout des très jeunes, des écoliers ou des collégiens: comment se fait-il que vous ne vous soyez pas révoltés, alors que vous étiez plus nombreux que les soldats? J'ai parfois répondu pour tenter de leur faire comprendre: «Si je vous prends tous là comme vous êtes, je vous fais mettre à poil, on vous passe la boule à zéro, on vous tatoue un numéro sur la peau, on vous donne des guenilles, vous n'avez plus rien à vous mettre et autour de vous il y a des soldats bottés, casqués, avec des mitraillettes, est-ce que vous croyez que vous pouvez vous révolter? Vous pouvez seulement déclencher un suicide collectif.» Nous ne nous sommes pas révoltés, Les résistants internés dans les camps ne se sont pas non plus révoltés, alors qu'ils avaient une certaine habitude du combat armé.

Vue de Birkenau.

Parfois, j'ai comme un vertige. Lors d'un voyage à Auschwitz avec des adolescents en 1995, Serge Klarsfeld m'a présenté : «Henri Borlant est le seul survivant des six mille enfants juifs de France de moins de seize ans déportés à Auschwitz en 1942.» C'est très impressionnant de se dire que sur six mille enfants, on est le seul à pouvoir parler, je n'ai donc pas le droit de me taire.

L'essentiel de mon activité est consacrée à la mémoire. J'ai aussi fait un film de montage sur la libération des camps et le retour des déportés à l'occasion du cinquantième anniversaire de la libération des camps[1]. J'ai témoigné à Berlin devant des professeurs en formation, j'ai témoigné à Vienne, à Madrid, aux États-Unis, à l'université du Québec à Montréal. J'ai témoigné devant des médecins, des psychanalystes, dans des prisons, dans des IUFM (jeunes enseignants en formation), pour un séminaire annuel destiné aux enseignants francophones, devant des groupes d'enseignants venant de toute l'Europe adressés au Mémorial de la Shoah par l'Union Européenne, devant des enseignants ukrainiens, des Tchèques, et dans de nombreux films documentaires pour la télévision.

Parmi ces interventions, nombreuses sont celles qui ont été mises sur Internet et accessibles à tous.

À la différence de mes camarades qui accompagnent de nombreux voyages de lycéens à Auschwitz-Birkenau, je n'y retourne pas volontiers. Je m'étais d'ailleurs promis de ne jamais y remettre les pieds. J'y suis allé chaque fois, un peu par la force des choses. La première fois, c'est à la demande de Serge Klarsfeld. Je lui avais téléphoné pour lui demander la faveur d'inaugurer l'exposition sur le cinquantième anniversaire de la libération des camps et

---

1. « Les survivants racontent », intégré dans *14 Récits d'Auschwitz*, MK2, 2005.

le retour des déportés organisée par des professeurs et leurs étudiants à l'université de Saint-Quentin-en-Yvelines. Il m'a à son tour demandé de l'accompagner lors d'un voyage avec des élèves de troisième de la région Rhône-Alpes : « Ils ont l'âge que tu avais quand tu as été déporté. » Jusque-là, j'avais toujours refusé. Je ne voulais pas y aller. Cela me terrorisait sans que je puisse le rationaliser, le maîtriser. Mais je n'ai pas su dire non à Serge Klarsfeld. Serge est à mes yeux un grand monsieur. Les Juifs de France lui doivent beaucoup. C'est grâce à lui que j'ai su tout ce que j'avais besoin de savoir sur les miens qui ont été déportés. J'ai appris dans ses livres des informations sur mon propre convoi, sur le convoi de mes grands-parents. Je n'aurais pas su autrement à quelle date ils ont été arrêtés, déportés. Son « Mémorial » c'est comme la tombe, le cimetière, des membres de ma famille et de tous les autres Juifs morts sans sépulture. Par timidité je n'ai pas osé refuser et j'y suis allé, à reculons.

J'ai compris lors de ce voyage qu'il n'y avait pas de raison d'avoir peur. Il n'y avait plus de SS dans les miradors, il n'y avait plus de chiens, plus d'esclaves. Il n'y avait même plus les baraques en bois, elles avaient presque toutes disparu.

J'y suis retourné une deuxième fois pour accompagner un de mes amis dont les parents étaient morts à

Auschwitz. Je savais par sa femme que ça le préoccupait toujours beaucoup, qu'il n'arrivait pas à faire le deuil, et qu'il avait décidé d'aller là-bas en pèlerinage. J'ai fait le voyage avec lui. Il s'agit de mon dentiste et très cher ami le docteur Jacques Ciepelewski.

Quand je vais à Auschwitz, je suis très agacé de voir que c'est devenu un lieu de tourisme qui enrichit les Polonais des environs. Tous ces cars alignés dans les parkings. Je le supporte mal. Je suis allé aux toilettes là-bas. On m'a demandé de payer ! Toute ma colère est ressortie et j'ai envoyé promener le personnel avec les quelques mots pas très polis qui me restaient du polonais. Je n'ai pas payé.

À Cracovie, dans le quartier juif de Casimir, j'ai vu les restaurants juifs avec des inscriptions en lettres hébraïques. J'ai vu trois musiciens qui jouaient du violon avec un chapeau sur la tête sans doute pour évoquer les Juifs pieux… J'avais mal à l'estomac. Je me disais : ce n'est pas possible que les enfants, les petits-enfants, les arrière-petits-enfants des antisémites qui ont massacré les Juifs, ici, depuis longtemps, bien avant les nazis, exploitent le filon juif pour s'enrichir. J'ai mal vécu cette visite à Cracovie.

Dans le restaurant de Cracovie où nous dînions, on nous a servi de la nourriture juive. J'ai regardé les serveurs.

De temps en temps, je leur glissais un mot yiddish. C'était toujours sans réponse. J'espérais probablement que l'un d'entre eux fût juif. Mais c'était tenu par des Polonais d'aujourd'hui, ils ne sont peut-être plus tout à fait les Polonais de l'époque. Longtemps, je me suis dit qu'il ne fallait pas généraliser, que tous les Polonais n'étaient pas des criminels et des antisémites et qu'il ne fallait pas les envoyer au diable. Il faut éviter les généralités, et faire confiance à la nouvelle génération ainsi qu'aux jeunes historiens polonais qui font courageusement et honnêtement leur travail. J'attribue ma méfiance au fait que, dans le camp, nous avons été davantage au contact des Polonais que des Allemands. Quand j'ai pris connaissance des témoignages de déportés non juifs, il n'y a pas un Français qui ne raconte pas qu'il a eu à souffrir des Polonais. Je sais aujourd'hui que nombreux ont été les Polonais qui ont sauvés des Juifs au péril de leur vie et qu'ils constituent la part importante des Justes parmi les nations en Israël.

On m'a quelquefois posé la question : « Ne croyez-vous pas qu'il soit temps de pardonner ? » Je n'ai pas observé que les criminels nazis se soient bousculés pour dire qu'ils regrettaient, qu'ils demandaient pardon. Pour moi, ni pardon, ni oubli. C'est de justice que nous avons besoin. Les sociétés humaines ont besoin de justice. Il faut en toutes circonstances que les criminels soient dénoncés, jugés et condamnés. Justice, mais ni vengeance ni pardon.

Lorsque je témoigne devant les Allemands, enseignants, étudiants ou lycéens, je dis et je répète devant leurs mines atterrées, devant la souffrance qui se lit sur leurs visages : « Vous n'êtes pas coupables. Ces crimes ont été commis par la génération de vos grands-parents ou arrière-grands-parents. Vous n'êtes pas coupables, mais parce que allemands, héritiers de l'histoire, du nazisme, de ces abominables crimes, vous avez, que vous le vouliez ou non, la responsabilité et le devoir de veiller à ce que pareille dérive du peuple allemand ne se reproduise pas. » Cela suppose un engagement citoyen, une exigence de tous les instants à l'égard de la démocratie et du respect des droits de l'homme.

À la suite de nos témoignages dans les lycées et collèges, nous recevons de la part des élèves et de leurs professeurs des lettres de remerciement. Souvent aussi, sur une grande feuille, ils mettent une petite phrase et une signature. Une fois, dans une classe de troisième, des adolescents d'une quinzaine d'années donc, l'un d'eux avait écrit de sa petite écriture en pattes de mouche « merci d'avoir survécu ». Cela m'a ému aux larmes, m'a bouleversé, je ne saurais dire pourquoi.

Remerciements

À Alain Jacobzone, pour son livre *L'Éradication tranquille* sur la déportation des Juifs en Anjou et pour les nombreux textes d'archives qu'il m'a communiqués au fur et à mesure de ses découvertes.

À Dominique Philippe, pour tout le travail fait ensemble, pour toutes ses recherches, pour les documents d'archives qui jalonnent mon récit et pour le remarquable DVD qu'il a réalisé avec Jean-Philippe Pineau : «Anjou 1942, le destin des Juifs, de la persécution à la déportation».

À Béatrice Nodé-Langlois, pour tout le travail que nous avons effectué ensemble, qui a précédé ma décision d'entreprendre l'écriture de mon livre.

À Annette Wieviorka, qui a accepté de lire mon texte et m'a conseillé pour lui apporter les modifications nécessaires. Merci aussi et surtout pour son amitié qui m'est chère et pour tout ce chemin que j'ai pu faire avec elle et grâce à elle depuis notre rencontre en 1992.

À Hella, mon épouse, ma compagne depuis plus d'un demi-siècle, qui m'a aidé, encouragé, conseillé, corrigé, sans laquelle ce livre n'existerait pas.

Table

Crédits photographiques

Tous droits réservés à l'exception de :